Toute une moitié du monde

DE LA MÊME AUTRICE

Jusque dans nos bras, Albin Michel, 2010 ; Le Livre de poche, 2011.

Sombre dimanche, Albin Michel, 2013 (prix du Livre Inter, prix des Lecteurs de *L'Express*, prix de la Closerie des Lilas) ; Le Livre de poche, 2015.

Juste avant l'Oubli, Flammarion, 2015 (prix Renaudot des lycéens) ; J'ai lu, 2016.

De qui aurais-je crainte ? (photographies de Raphaël Neal), Le Bec en l'air, 2015.

Un ours, of course : un conte musical (illustrations de Julie Colombet), Actes Sud junior, 2015.

L'Art de perdre (prix littéraire du *Monde*, prix Landerneau des lecteurs, prix des libraires de Nancy – *Le Point*, prix Goncourt des lycéens), Flammarion, 2017 ; J'ai lu, 2019.

Comme un empire dans un empire, Flammarion, 2020 ; J'ai lu, 2021.

Je suis une fille sans histoire (illustrations de Cécile Dormeau), L'Arche, 2021.

ALICE ZENITER

Toute une moitié du monde

J'AI LU

Je voudrais bien savoir ce qui se passe réellement dans un livre, tant qu'il est fermé. Il n'y a là, bien sûr, que des lettres imprimées sur du papier, et pourtant, il doit bien se passer quelque chose puisque, quand je l'ouvre, une histoire entière est là d'un seul coup. Il y a des personnages, que je ne connais pas encore, et il y a toutes les aventures, tous les exploits et les combats possibles, parfois surviennent des tempêtes, ou bien on se retrouve dans des villes ou des pays étrangers. Tout cela est d'une façon ou d'une autre à l'intérieur du livre. Il faut le lire pour le vivre, c'est évident. Mais c'est déjà dans le livre à l'avance. Je voudrais bien savoir comment.

Michael Ende, *L'Histoire sans fin*

Inutile de se raconter des histoires, le fait est que poser des mots sur le papier est une tactique de brute sournoise, une invasion, une manière pour la sensibilité de l'écrivain d'entrer par effraction dans l'espace le plus intime du lecteur.

Joan Didion, *Pourquoi j'écris*

Préliminaire

J'ai commencé à écrire ce livre au début de la pandémie de Covid-19[1]. Si une étude a montré que la pratique de la lecture avait progressé durant le premier confinement, j'ai pour ma part éprouvé de grandes difficultés à lire pendant plusieurs semaines. Je n'arrivais pas non plus à regarder des films, ou pas en entier, ou bien je les regardais sans les voir… Bien sûr, les bouleversements de mon quotidien, l'inquiétude, la volonté de suivre minute par minute les développements de la pandémie, l'apprentissage de nouveaux gestes, la privation de liberté de mouvement auraient pu suffire à expliquer que ma concentration soit flottante, voire impossible, mais j'ai cru déceler aussi, à cette époque

1. J'avais d'abord simplement écrit « au début de la pandémie » et j'ai senti ensuite le besoin de préciser laquelle, en pensant que, peut-être, ce livre paraîtrait ou serait lu dans le contexte d'une autre pandémie. Après tout, en mai 2020, je n'imaginais pas que j'aurais un jour à spécifier « le *premier* confinement » pour parler des deux mois qui venaient de s'écouler. Mieux vaut être prudente.

si particulière, que quelque chose s'était brisé dans mon rapport à la fiction – quelque chose que les années passant avait déjà rendu friable et fragile, érodé par un certain nombre de questions. Je ne savais plus si je voulais d'elle, ce qu'elle pouvait pour moi, ce que je pouvais projeter de moi en elle.

Je me retrouvais ballottée dans un temps fragmenté par les annonces présidentielles et gouvernementales, par les publications d'études scientifiques qui chaque jour ou presque découvraient quelque chose sur le virus nouveau, par les tranches de soixante minutes durant lesquelles les sorties étaient autorisées. Le temps était heurté, il sautait comme l'image sur les vieux téléviseurs et revenait à zéro, les journées avaient toutes le même décor et le futur semblait être repoussé ou ajournable par décret. La chronologie soigneusement déroulée que me proposaient la plupart des fictions (A puis B puis C et résolution) m'était soudain devenue étrangère alors que je n'arrivais pas à me raconter à moi-même, à accomplir un effort d'imagination et de projection, à me dire « dans deux semaines, *ceci* ».

J'ai beaucoup pensé, durant ce printemps 2020, à mes états d'enfance – à l'époque où j'avais un statut de mineure, où j'étais pareillement ballottée, suspendue, pendue à des lèvres qui annonceraient ce qui viendrait ensuite, conduite d'un endroit à un autre, souvent en proie à l'ennui. Or, lorsque j'étais enfant, j'ai cherché avec avidité dans la fiction des histoires qui seraient l'antithèse de mon expérience. Je lisais des récits héroïques ou messianiques, des aventures, des enquêtes, des conquêtes, des chasses au trésor, des journaux de voyage. Je lisais de l'ailleurs fourni en paragraphes descriptifs aussi revigorants que des barres énergétiques et je lisais de l'action condensée jusqu'à produire un suc qui me tournait la tête. Tout le contraire des heures passées dans ma chambre colorée d'enfant, à ma table d'écolière, au cours de solfège et à la piscine municipale où j'égrainais les longueurs en comptant les mouvements nécessaires pour parcourir les vingt-cinq mètres du bassin.

Dans les histoires que je lisais alors, tout était aimable parce que tout était simple, d'une certaine manière, même lorsque les actions se compliquaient de mille ennemis retors : face à un problème, les héros agissaient, qu'ils soient mousquetaires, bandits, policiers, pirates, marins ou détectives amateurs. Ils n'avaient pas, comme moi, à attendre l'aval des adultes, ni à attendre la majorité, l'indépendance financière, ou le permis de conduire. Et lorsque le livre se terminait, tout était réglé, certains étaient morts, d'autres vivants, la quête avait échoué ou réussi mais elle avait échoué ou réussi *pour de bon*. C'est une satisfaction que j'ai retrouvée dans de nombreuses fictions rencontrées à l'âge adulte. Les enquêtes de Sherlock Holmes et les épisodes de *Dr House* fonctionnent exactement sur la même promesse et le même déroulé : le héros se lancera dans une (en)quête, il tâtonnera (péripéties), s'attirera sans doute quelques problèmes en chemin (péripéties encore), mais à la fin il trouvera. Ce sera peut-être trop tard pour que tout le monde s'en sorte indemne. Trop tard pour arrêter le coupable ou soigner le patient. Mais quelque chose sera irrémédiablement résolu.

Au printemps 2020, je ne savais plus que faire de ces fictions. J'étais prise dans un désir contradictoire. Comme avant, comme pendant l'enfance, il y avait le désir de suivre des héros embarqués dans des histoires lancées à vive allure, des personnages qui ne connaissent ni l'attente ni les ordres, c'est-à-dire que j'éprouvais le désir que le pays de la fiction soit radicalement étranger à la réalité et que, dans ce pays-là, on sache quel est l'avenir des choses ou des êtres (« dans deux semaines, *ceci* ») et que je puisse en tirer un soulagement, m'arracher aux contraintes. Mais, a contrario, j'éprouvais aussi le désir de trouver des fictions qui répondent à mon état impuissant et suspendu, à l'incompréhension de l'événement, au morcellement des causes et des temporalités, à mon/notre impossibilité de prévoir les conséquences et donc impossibilité à finir, à résoudre... Trouver des fictions qui cessent de me donner l'illusion qu'une poignée d'hommes peut faire ou défaire le destin de tous. Depuis des années, que ce soit en lisant ou en écrivant, je ne manipulais plus ces histoires avec la même facilité, avec le même plaisir, je développais envers elles un soupçon qui allait grandissant. Ce printemps-là a acté qu'elles me proposaient des modèles obsolètes : je ne pouvais rien en tirer, je ne pouvais plus les *appliquer* au monde. Je ne voulais plus « suspendre mon incrédulité » (pour reprendre l'expression de Coleridge) pour elles puisque j'allais en revenir les mains vides.

Le printemps s'est terminé. Le premier confinement aussi. Les questions, elles, sont restées, avec leur arrière-goût âcre. Je veux à la fois que la fiction m'arrache au monde et qu'elle m'éduque sur lui. Est-ce que les deux sont irréconciliables ? C'est, en gros, le sujet de ce livre[2].

Maintenant que je lui ai donné une date de naissance, et esquissé ses raisons d'être, je vais parler brièvement de ses manières d'être, ou de ses manières de faire. De son *comportement* de livre, peut-être, parce qu'il existe des livres bien élevés, des livres sages, comme il en existe des brutaux, des sales ou des punks.

Ce livre est un livre d'écrivaine mais sans doute avant tout un livre de lectrice. Il porte sur de vieux souvenirs de lecture comme sur des livres récemment ouverts et posés sur la table de chevet. Sa cohérence vient du fait que les ouvrages dont je parle, c'est moi qui les ai lus et qui continue à en porter des bribes, des fantômes de phrases ou de personnages, des paragraphes tronqués et devenus ritournelles. Je suis ce qui transforme en *ensemble* les livres si différents que je cite.

Si on considère ce livre comme un essai, il ne se comportera pas tout à fait bien. Il désobéira ici ou là. Il manquera à ses obligations de

2. Je précise bien « en gros ». Sinon, certains passages auront clairement l'air d'un hors-sujet.

sérieux. Si on le considère comme une rêverie autour de la fiction, il péchera au contraire par excès de sérieux de temps à autre. Alors disons que c'est un livre, et puis c'est tout.

Une moitié du monde

En 2010, j'étais en couple avec un Anglais et, comme lui, je lisais le *Guardian* – ce qui me paraissait être extrêmement élégant, d'autant plus que j'avais découvert qu'on ne prononçait pas le « u », détail dont je tirais une satisfaction disproportionnée. C'est dans ce journal que j'ai appris l'existence du test de Bechdel, à l'occasion d'un article sur les sorties au cinéma pendant le week-end de Thanksgiving – un moment crucial pour les productions puisqu'il lance le début des cinq semaines pendant lesquelles les films font le plus d'entrées partout dans le monde. Or, m'apprenait l'article, la plupart des grosses productions hollywoodiennes ne passaient pas ce test dont jusque-là j'ignorais l'existence. Ce n'est peut-être pas votre cas aujourd'hui mais je vais tout de même le présenter rapidement. Le test de Bechdel (ou Bechdel-Wallace), qui apparaît dans la bande dessinée d'Alison Bechdel *L'Essentiel des gouines à suivre* publiée dans les années 1980, a permis de mettre en avant l'absence ou la faible présence des femmes au pays des fictions. Redoutablement facile à utiliser, il ne contient que trois critères :

1) Il doit y avoir deux femmes nommées dans l'œuvre.
2) Ces femmes parlent ensemble.
3) Elles parlent d'autre chose que d'un homme.

Ce test a donné lieu à de nombreuses variations ces dernières années, dont une que j'aime beaucoup, proposée par la scénariste américaine Kelly Sue DeConnick : le test de la lampe. Plus lapidaire encore que le test de Bechdel, la version de DeConnick ne contient qu'une question : « Peut-on remplacer le personnage féminin par une lampe sans que l'histoire soit modifiée ? » La formule me fait beaucoup rire ; le fait que la réponse soit « oui » dans un certain nombre de productions contemporaines, beaucoup moins.

Le test de Bechdel (ou certaines de ses variantes) est repris de plus en plus couramment dans la presse pour traiter des films et des séries mais il est assez peu utilisé dans le domaine de la critique littéraire, du moins française. Il révélerait, pourtant, un déséquilibre flagrant entre les personnages masculins et les personnages féminins dans ce qu'on pourrait appeler le « corpus canonique », à savoir les livres voués à être mis dans nos mains par les parents, le corps professoral, les connaissances cultivées, les listes des romans incontournables publiées par des magazines de référence – bref, une sorte de socle culturel commun, valorisé et transmis de génération en génération. À la suite du lycée, j'ai fait une hypokhâgne, puis deux khâgnes, afin de passer le concours de Normale Sup. J'ai donc lu pendant longtemps au sein de ce corpus canonique[3]. Et une fois entrée à Normale, j'ai étudié le théâtre pendant deux années de master et trois années de thèse, ce qui veut dire que j'ai lu peu de romans pendant cinq ans – retardant encore l'occasion de sortir un peu du corpus-carcan qui a façonné toute une partie de ma vie de lectrice.

Plusieurs fois, lors d'entretiens ou de rencontres, on m'a demandé à quel personnage féminin célèbre de la littérature je m'identifiais ou lequel je préférais. C'est une question qui me fait bégayer, à chaque fois. Car lorsque je repense à plus de vingt ans de lectures, mes souvenirs ne me présentent pas une frise de personnages féminins aimables, surprenants ou forts parmi lesquels faire mon choix. Au contraire, ils font dérouler une kyrielle de figures de second plan, objets de désir d'un

3. Je me souviens de ma professeure de lettres, en khâgne, qui nous avait recommandé de ne jamais citer d'œuvres contemporaines dans nos dissertations. Le temps, disait-elle, n'ayant pas encore fait son œuvre de filtre pour séparer « officiellement » les mauvais romans des bons, nous risquions de nous heurter aux goûts du correcteur. C'était s'exposer à l'échec. « À la rigueur, avait-elle concédé, vous pouvez tenter *Truismes*, de Darrieussecq, mais n'allez pas plus loin. » En répondant aux questions de Laure Murat dans *Relire*, Julia Deck raconte une expérience similaire durant ses années d'études à la Sorbonne : « La littérature s'arrêtait à *La Nausée* de Sartre. »

héros masculin, éléments souvent passifs, propres à être enlevés, séquestrés, empoisonnés (parfois les trois consécutivement), une myriade de silhouettes alanguies, au teint pâli par des amours malheureuses, visage collé à la fenêtre, quelques folles enfermées ici ou là, des princesses cornéliennes mourant comme foudroyées par l'intensité d'un chagrin d'amour, des princesses raciniennes se suicidant pour éviter la disgrâce d'un désir scandaleux, des femmes d'âge mûr ou des petites filles abusées et violées, et, bien sûr, une cohorte d'épouses souvent délaissées, forcément domestiques et tristement adultères. Comment pourrais-je dire que je m'identifie à elles ? Ou bien que je préfère telle kidnappée à telle pendue ?

Il n'est évidemment pas question pour moi, lorsque je fais cette liste de personnages féminins passifs, de blâmer les auteurs qui les ont créés pour leur manque d'imagination. Eux, comme leurs écrits, sont les produits de leur époque et ils n'y peuvent pas grand-chose si, pour reprendre l'expression difficilement traduisible de l'universitaire américaine Kathryn Rabuzzi, les femmes, historiquement limitées à la sphère domestique, ont très majoritairement connu des « expériences *nonstoried* », c'est-à-dire qui ne sont pas racontées mais aussi qui ne sont pas facilement racontables, qui ne se présentent pas sous la forme d'une histoire. Ou peut-être, pour le dire autrement, que ce que nous avons accepté comme étant une histoire (une *bonne* histoire) inclut difficilement une majorité d'existences féminines qui, au cours des siècles passés, ont été marquées par leur absence ou leur manque d'*agentivité* – terme que j'emploie ici à la fois dans son sens de puissance d'agir mais aussi de capacité à se percevoir comme actrice ou force motrice de sa portion du monde. La narratrice de *Sans alcool*, une nouvelle de l'autrice suisse Alice Rivaz, écrite dans les années 1960, pense ainsi qu'elle aurait aimé « la grande vie », mais, vieille fille et tout récemment orpheline, elle n'a pas d'autre ambition que d'essayer tous les restaurants végétariens et sans alcool de sa ville – seuls lieux de sortie convenables pour une femme seule. Elle se demande anxieusement, à quarante ans passés, s'il y a des vies qui sont « comme des maquettes, des vies qui seraient encore à vivre, une fois la dernière page tournée ? Et moi j'en serais justement un exemple ? ». Cette vie non vécue qu'elle craint, pourtant, d'avoir vécu, elle la compare à des pages blanches, « et par blanches, je veux signifier vides ». Il n'y a pas d'histoires, ici, rien dont faire un livre en somme.

Comme le note Susan S. Lanser au début de son article intitulé « Vers une narratologie féministe », publié au milieu des années 1980 : « La question la plus évidente que le féminisme puisse poser à la narratologie, c'est tout simplement celle-ci : sur quel corpus et quelles définitions du récit et de l'univers de référence les avancées de la narratologie se sont-elles fondées ? » Sa réponse est sans appel : les travaux de narratologie n'ayant jamais pris en compte la question du genre au moment d'établir un canon ou les outils employés pour l'étude d'une œuvre, « tous les récits qui ont contribué à fonder la narratologie ont été des textes d'hommes ou des textes traités comme des textes d'hommes ». Certaines notions s'avèrent de fait très limitées, voire inopérantes dès qu'on les applique à un corpus de textes plus large, notamment la notion d'« intrigue » (*plot*, en anglais), qui repose sur un enchaînement d'actions accomplies intentionnellement par les protagonistes et « implique donc un pouvoir, une capacité qui peuvent s'avérer éloignés de ce que les femmes ont connu, de leur expérience historique ou textuelle, et peut-être même éloignés des désirs de ces femmes ». Les critiques littéraires, seraient-elles féministes, se retrouvent obligées d'appliquer régulièrement aux textes de femmes le terme « *plot*less » (*sans* intrigue), et à approcher ces œuvres par la négative, les désignant par ce qu'elles *n'ont* ou *ne sont pas* avant de pouvoir dire ce qu'elles sont. Ce n'est sans doute pas le meilleur moyen de donner envie de les lire…

Revenons-en à la question sur laquelle je trébuche : à qui me suis-je identifiée lors de mes lectures ? Avant d'être adulte, toujours aux personnages masculins : j'ai été Bastien Balthazar Bux, pas la Petite Impératrice, j'ai été d'Artagnan, pas Constance Bonacieux, j'ai été Jean Valjean et pas Cosette – pour la bonne et simple raison que la Petite Impératrice est prisonnière de sa tour d'ivoire, que Constance Bonacieux passe son temps à se faire enlever et que Cosette troque les maltraitances des Thénardier contre la surveillance des bonnes sœurs du couvent, toutes situations qui répliquaient (en les exagérant) l'état d'impuissance qui était le mien et dont je cherchais à m'échapper par la lecture. Je lisais enfermée dans une chambre dont mon petit corps et mon statut de mineure ne me permettaient pas de sortir, ou jamais assez loin, et les personnages féminins que je rencontrais lors de ces lectures étaient elles-mêmes des prisonnières, des recluses ou des ballottées par la volonté des forts[4]. Forcément, je me projetais dans l'autre genre, celui qui agissait, celui contre qui les quatre murs d'une chambre ou d'une cellule paraissaient ne rien pouvoir. J'ai été un homme presque tout le temps de ma vie de lectrice. D'abord avec un immense plaisir et puis avec un certain agacement, dû à la lassitude, sans doute. J'ai été enchantée de découvrir, dans *La Force des choses*, la colère qu'avait ressentie Simone de Beauvoir à la lecture de *Pour qui sonne le glas*. Malgré mon amour pour ce roman, j'ai compris instantanément la détestation qu'elle éprouve pour les « complicités que nous propose Hemingway à tous les tournants de ses récits », complicités qui « impliquent que nous avons conscience d'être, comme lui, aryens, mâles, dotés de fortune et de loisirs, n'ayant jamais éprouvé notre

4. Fifi Brindacier, capable de porter son poney à bout de bras, a évidemment constitué une exception bienvenue. De même que Claude, dans *Le Club des cinq*, même si toute son agentivité semblait venir du fait qu'elle se comportait comme un garçon et se faisait, à maintes occasions, passer pour un garçon.

corps que sous la figure du sexe et de la mort » et qui montrent assez à qui il s'adresse quand il écrit, quel lectorat il se souhaite. « Un seigneur s'adresse à des seigneurs. La bonhomie du style peut tromper, mais ce n'est pas un hasard si la droite lui a tressé de luxueuses couronnes : il a peint et exalté le monde des privilégiés », écrit Beauvoir.

Je me demande aujourd'hui si les garçons qui grandissaient à côté de moi ont pu connaître une expérience similaire : est-ce qu'une fiction leur a permis, au moins une fois, de s'identifier à une fille, à une femme ? Je n'en suis pas sûre (et serais ravie d'entendre les récits d'expériences enfantines qui me contredisent) tout simplement parce qu'ils n'ont pas *eu* à le faire, ils disposaient de tout un corpus qui leur permettait de suivre des personnages masculins. Un ami irlandais m'a raconté, il y a quelques années, la stupeur dans laquelle avait été plongée sa classe de garçons (il était scolarisé dans un lycée non mixte) lorsque leur professeur leur avait demandé de lire *Orgueil et préjugés*, de Jane Austen : c'était forcément une blague, ou une volonté de les humilier, sinon pourquoi leur faire lire des *histoires de filles* ? Dans « Sortir les lesbiennes du placard », un documentaire radio de Clémence Allezard, la réalisatrice Céline Sciamma déclare qu'elle tient délibérément les hommes hors cadre, hors champ et ajoute que ça permet aux spectateurs masculins de s'identifier aux personnages féminins qu'elle filme. Ce qui pourrait se présenter a priori comme une exclusion est en réalité le seul moyen de les inclure. Trop peu habitués à passer d'un genre à l'autre lorsqu'ils entrent dans une œuvre de fiction, les hommes se projetteraient toujours d'emblée sur les personnages masculins et il faudrait faire disparaître ceux-ci pour que les spectateurs puissent connaître ce que les spectatrices et lectrices pratiquent depuis toujours : une identification indépendante du genre.

Parfois, cependant, en fouillant dans mes tiroirs de personnages féminins, je trouve celui de Denise Baudu, dans *Au bonheur des dames* de Zola, et je parle d'elle, de ses nuits passées à coudre après des journées de travail éreintantes pour redonner à son uniforme de vendeuse une tenue et un tombé plus élégants, cherchant ainsi à éviter les moqueries de ses collègues parisiennes qui ne voient en elle qu'une provinciale laide et mal dégrossie. Je peux m'identifier à son arrivée difficile dans la capitale et à ces heures de travail supplémentaires, rendues nécessaires par l'apprentissage de certains codes que les autres semblent déjà posséder sans effort. Mais toutes les humiliations, toutes les souffrances traversées par Denise sont balayées à la fin du livre parce qu'elle finit aimée de son patron et que, se jetant à son cou, elle déclare dans une fin heureuse très inhabituelle chez Zola : « Oh ! Monsieur Mouret, c'est vous que j'aime ! » C'est cet amour qui lui permettra de devenir « toute-puissante », comme l'annonce la dernière ligne du roman, et malgré ce que raconte le livre par ailleurs – la conquête et la destruction sauvages des petits commerces par le grand magasin lancé par Mouret –, c'est l'histoire apparemment heureuse d'une jeune fille pauvre (une bergère) sauvée de sa condition par l'amour d'un homme riche (un prince). Est-ce que je peux sincèrement dire que je m'identifie à Denise Baudu ? Que j'aime son personnage ?

Souvent, devant mon bredouillement gêné, l'interlocuteur ou l'interlocutrice aura envie de m'aider et cherchera avec moi de *grands* personnages féminins. Deux noms tirés du corpus canonique émergent rapidement : Madame Bovary et Lady Chatterley[5]. Intéressant. D'un côté, nous avons un roman français mettant en scène une femme adultère et accusée d'avoir « outragé la morale publique et religieuse et les bonnes mœurs » en 1857, dans le contexte d'ordre moral imposé par le Second Empire (Flaubert sera finalement acquitté mais la conclusion des juges affirme que « l'ouvrage déféré au tribunal mérite un blâme sévère »). De l'autre, nous avons un roman anglais mettant en scène... une femme adultère, tiré à compte d'auteur en 1928, renvoyé par les libraires choqués qui refusaient de le vendre et qui ne devait être publié au Royaume-Uni

5. Si je veux être tout à fait honnête, il faudrait que j'ajoute Anna Karénine, mais je me permets de la tenir à l'écart pour une raison purement subjective : je n'aime pas les romans de Tolstoï. Tour à tour, je m'en désole et m'en réjouis. Je passe sûrement à côté de quelque chose, une part de la beauté du monde littéraire m'échappe ou me demeure close (désolation) ; mais je n'ai pas à trouver le temps de relire les romans de Tolstoï dans une vie consacrée à préserver du temps pour lire et relire (joie).

qu'en 1960, déclenchant (trente ans après son écriture et quelques années après la mort de D.H. Laurence) un procès envers son éditeur, Penguin Books. En clair, il nous vient deux noms de personnages (deux !) auxquels, là non plus, je ne m'identifie pas et dont les tribulations sentimentales ou sexuelles ont valu des procès à leurs auteurs. Certes, la forme littéraire qui a donné naissance à Emma Bovary comme à Constance Chatterley est magnifique, certes, j'aime follement ces deux romans mais c'est pour la beauté des phrases et non parce que l'adultère commis par les héroïnes après un mariage quasi forcé constitue un horizon désirable.

Ces histoires de censure – qui peuvent paraître lointaines – me donnent envie de préciser que dans une autre des grandes matrices de personnages, à savoir le cinéma américain, le code Hays, en vigueur de 1934 à 1966, imposait aux films de « défendre le caractère sacré du mariage et du foyer ». On voit mal, alors, comment créer des personnages féminins qui s'arracheraient à la vie domestique… Grâce au talent de certains metteurs en scène et actrices, j'ai trouvé pourtant, de loin en loin, des femmes que j'ai aimées, avec qui j'ai rêvé de faire tribu. Les rôles de Claudette Colbert dans *New York-Miami* de Capra et dans *La Huitième Femme de Barbe-Bleue* de Lubitsch me paraissent être des trésors d'ingéniosité pour créer des femmes un tant soit peu libres mais qui ne bafouent pas, malgré tout, le caractère sacré du mariage et du foyer. Je trouve passionnant de constater que ces deux films donnent à voir une division de l'espace entre l'homme et la femme, séparés par une couverture dans les petits motels chez Capra et par un long couloir qui dessert deux parties indépendantes du logement chez Lubitsch – permettant, chaque fois, que la femme dispose d'une *chambre à elle* malgré sa mise sous tutelle. Dans le film de Lubitsch, il y a par ailleurs cette scène étonnante, à une époque où le cinéma montre constamment des femmes giflées sans s'en émouvoir : Gary Cooper, furieux que son épouse se refuse à lui, décide de la « dompter » en appliquant la méthode de *La Mégère apprivoisée*, de Shakespeare. Sûr de lui, il traverse allègrement le couloir pour se rendre dans les appartements de son épouse et la gifle sans autre forme d'avertissement. Sur le même rythme enlevé, elle lui retourne le coup, absolument indomptée, et il s'en va, piteux – pas honteux de sa violence mais effaré qu'elle ne lui ait assuré aucune domination[6]. Et puisque j'en suis à déclarer mon amour des figures féminines dans les films de Lubitsch, je m'en voudrais de ne pas mentionner la partition de Jennifer Jones dans *Cluny Brown* (assez honteusement traduit en français par *La Folle ingénue*). Celle-ci joue une jeune femme passionnée de plomberie dont l'amour de la mécanique et des tuyaux (je pense que la métaphore se passe d'explications) scandalise la bonne société qui l'entoure et notamment le pharmacien qu'elle doit épouser, un nanti

6. *Cheh*, ai-je pensé chaque fois que j'ai vu cette scène.

de province plus ennuyeux encore que pouvait l'être le Homais de Flaubert, flanqué d'une mère qui ne s'exprime que par toussotements. Au moment où Cluny s'apprête à tout faire pour rentrer dans le rang et être acceptée par le pharmacien et sa mère, le professeur Belinski lui avoue son amour – et, par chance, lui n'a aucun problème avec le fait qu'elle répare des éviers. Elle pourra donc poursuivre sa vie, à la fois libre et mariée, dansant sur le fil de ce que permet le code Hays.

Aucun des films que je viens de mentionner ne passe le test de Bechdel, certes, mais ils ont fait naître des personnages de femmes qui ne peuvent absolument pas être remplacés par des lampes.

Encore une fois, ni Flaubert, ni Lawrence, ni Zola, Dumas ou Hugo, ni les cinéastes américains des années 1940 n'ont écrit pour proposer des modèles féminins qui soient utiles à la lectrice et spectatrice du XXe puis du XXIe siècle que je suis. Il ne s'agit pas pour moi de leur reprocher leurs personnages ni d'ôter quoi que ce soit à l'amour que j'ai pour ces œuvres. Mais maintenant que je l'ai dit et répété, je vous demande aussi d'entendre que j'ai grandi entourée de ces femmes, appuyée sur elles, entretissée avec elles et terrifiée aussi par ce qu'elles semblaient me proposer comme horizon d'existence, terrifiée à l'idée que ce soit moi et mon appétit de vie qui soient hors normes… ou si peu à ma place dans mon genre que, dès l'école primaire, j'envisageais – en inaugurant ma première coupe courte – de me faire passer pour un garçon et appeler Nicolas[7]. Je repense à ce passage, clair, droit et triste des *Argonautes* dans lequel Maggie Nelson raconte que les premières représentations de la sexualité qu'elle a connues à travers ses lectures d'adolescente étaient des histoires de viols ou d'attouchements : « Ta sexualité va se construire autour de ça. Il n'y a pas de groupe témoin à qui on aurait donné un placebo. Je ne veux même pas parler de "sexualité féminine" tant qu'il n'y aura pas de groupe témoin. Et il n'y en aura jamais. » Je ne saurai jamais comment j'aurais pu être femme si j'avais grandi avec d'autres lectures, c'est impossible. Pourtant, la soif de le savoir ne me quitte pas. Parfois même, les autres moi que j'imagine me manquent, comme si je les avais croisées un instant et qu'elles étaient parties. Je me sens rester seule.

Dans un grand entretien pour *The Paris Review*, en 1993, Toni Morrison était interrogée sur le personnage de Pilate, dans *Le Chant de Salomon*, et à partir de ses propres écrits questionnait les personnages féminins « habituels » de la littérature[8] :

7. Cette stratégie, née du visionnage compulsif du téléfilm *Marie et sa bande*, était entièrement fondée sur le fait qu'il serait impossible de me reconnaître avec mes cheveux courts. Elle a lamentablement échoué dès les premières minutes suivant mon arrivée à l'école.

8. En l'absence de mention de traducteur et de traductrice, les textes traduits de l'anglais le sont par moi.

JOURNALISTE : Pilate est un personnage tellement fort. J'ai l'impression que les femmes dans vos livres sont toujours plus fortes et plus courageuses que les hommes. Pourquoi ?

MORRISON : Ce n'est pas vrai mais je l'entends beaucoup. Je pense que nos attentes envers les femmes sont très basses. Si une femme parvient à se tenir debout pendant trente jours, tout le monde y va de son « Qu'elle est courageuse ! ». Quelqu'un a écrit sur le personnage de Sethe [dans *Beloved*] en disant que c'était une femme puissante et statuesque qui n'était même pas humaine. Mais à la fin du livre, elle parvient à peine à tourner la tête. Elle est au bout du rouleau, elle n'arrive même plus à se nourrir seule. Est-ce que c'est vraiment être solide ? (...) Je crois vraiment que nous sommes trop habitués aux femmes qui ne répondent jamais ou utilisent les armes des faibles.

JOURNALISTE : Quelles sont les armes des faibles ?

MORRISON : Les critiques incessantes. Le poison. Les ragots. Fouiner partout au lieu d'accepter la confrontation.

JOURNALISTE : Il y a eu très peu de romans sur des femmes qui ont d'intenses relations d'amitié avec d'autres femmes. Pourquoi, selon vous ?

MORRISON : C'est une relation qui a été discréditée. Quand j'écrivais *Sula*, j'avais l'impression que pour une grande partie de la population féminine, une amie était une relation de second ordre. La relation primordiale, c'était celle d'un homme et d'une femme. En l'absence d'un homme, avec les femmes, avec vos propres amies, vous n'aviez que des relations secondaires. À cause de ça, il y a ce phénomène de femmes qui n'aiment pas les femmes et préfèrent les hommes. Il a fallu qu'on s'éduque pour pouvoir s'apprécier. Le magazine *Ms.* a été créé sur ce principe : il fallait vraiment qu'on arrête de se plaindre les unes des autres, de se haïr, de se battre entre nous et de faire corps avec les hommes pour nous critiquer nous-mêmes – un exemple typique de ce que font les dominés. C'est un enseignement énorme.

J'interromps ici l'entretien pour noter que ce que décrit Morrison ici peut se rattacher à ce que je décrivais de mes relations aux personnages masculins un peu plus haut : toujours vus comme plus désirables, plus intéressants. C'est exactement ce qu'Adrienne Rich décrit comme « l'identification masculine » dans *La Contrainte à l'hétérosexualité et autres essais*[9] : « L'identification masculine est l'acte par lequel

9. Je suis reconnaissante à Amandine Gay de m'avoir permis de découvrir ce texte, cité dans son livre *Une poupée en chocolat*.

les femmes placent les hommes au-dessus des femmes, elles-mêmes comprises, leur accordent plus de crédibilité, de statut et d'importance dans la plupart des situations, quelles que soient les qualités qu'objectivement les femmes apportent dans une situation donnée… L'interaction avec les femmes est vue comme une forme inférieure de relation à tous les niveaux. » Et cela, bien sûr, se retrouve aussi au pays de la fiction.

MORRISON : Toute la littérature ou presque était comme ça – quand on lit des récits sur des femmes ensemble (pas les lesbiennes ni celles qui ont eu de longues relations qui sont un lesbianisme caché, comme dans les œuvres de Virginia Woolf), on voit les femmes ensemble à travers le regard des hommes. Elles sont dominées par les hommes – comme certains personnages de Henry James – ou alors ce sont des femmes qui parlent d'hommes, comme les amies chez Jane Austen… elles discutent de qui est mariée et de qui va se marier, et est-ce que tu vas le perdre et j'ai l'impression qu'il lui plaît et ce genre de choses. Avoir des femmes hétérosexuelles qui sont amies et parlent seulement d'elles-mêmes me paraissait très radical quand *Sula* a été publié en 1971… mais ça n'est plus vraiment radical aujourd'hui.

JOURNALISTE : C'est devenu acceptable.

MORRISON : Oui, et ça va devenir ennuyeux. Tout le monde va le faire et, comme d'habitude, ça va partir dans tous les sens.

En 1997, quatre ans après cet entretien, Chris Kraus ne paraît pas souscrire à l'annonce de Toni Morrison selon laquelle « ça va devenir ennuyeux » et elle écrit dans *I Love Dick*[10] : « Ce qui arrive aujourd'hui entre femmes est la chose la plus intéressante du monde parce que la moins décrite. »

Il y a un roman qui m'est cher et qui met en scène deux femmes hétérosexuelles, deux amies, qui parlent entre elles tout au long du livre. Ou plutôt, l'une parle à l'autre. Certes, elle parle d'hommes mais, ce faisant, elle essaie d'arracher son récit aux commérages que Morrison peut voir dans les romans de Jane Austen et d'affirmer à la place l'existence de son désir. Ce roman, c'est *Mais leurs yeux dardaient sur Dieu*, de Zora Neale Hurston, une œuvre que j'ai eu à plusieurs reprises l'occasion de citer et sur laquelle j'ai écrit un long article pour la revue féministe *La Déferlante*. Si j'avais lu le livre de Hurston plus tôt, je n'aurais pas tant peiné à

10. J'ai traduit ce livre vingt ans ou presque après sa publication confidentielle, à un moment où plusieurs éditeurs à travers le monde le redécouvraient et en achetaient les droits. La différence entre les critiques écrites en 1997 (souvent misogynes) et celles de 2015 (qui crient à l'œuvre culte) est immense et j'en suis venue à rêver de destins similaires pour plusieurs romans, traités à leur sortie comme des bizarreries et qui, aujourd'hui, peut-être, pourraient être acceptés bien plus chaleureusement.

répondre à la question « À quel personnage féminin de la littérature vous identifiez-vous, ou lequel préférez-vous ? », j'aurais peut-être même crié « j'aime Janie ! ». Mais il se trouve que je ne l'ai découvert que récemment, lorsqu'en 2018 Sika Fakambi, sa formidable traductrice, me l'a fait parvenir. Jusque-là, je n'avais jamais entendu parler de cette autrice, plusieurs fois effacée de l'histoire littéraire. La vie de Hurston – car, depuis, je me suis renseignée – est une trajectoire circonflexe : une ascension fulgurante qui l'emporte loin de l'Alabama (où elle est née en 1891) et, sur la fin, une chute affreuse et banale, si lente qu'elle ne fait pas de bruit. Dans un premier temps, le parcours scolaire de Hurston est à même de faire croire, sinon au « Rêve américain », du moins à un ascenseur social (elle est d'ailleurs la première à le vanter) : la fillette qui lavait les marches de son école de Jacksonville quand son père ne pouvait plus payer ses frais de scolarité part étudier à Howard University (Washington) puis à Barnard (New York) où elle est la première étudiante noire, et obtient son diplôme d'anthropologie en 1928. Cette vision de la jeune femme de couleur brillante dont le « mérite » est reconnu par l'institution doit cependant être nuancée par le fait que Hurston bataille toute sa vie pour trouver l'argent nécessaire à ses années d'université comme à ses études de terrain en tant qu'anthropologue ou à l'écriture de ses textes. Tout au long de sa carrière, elle reste dépendante de mécènes divers, tous riches et blancs : des « Papa » et des « marraines » qu'il faut satisfaire, qui veulent *en avoir pour leur argent*.

Dans les années 1920, Hurston se trouve donc à New York et c'est pendant cette période qu'elle devient une des figures incontournables du mouvement Harlem Renaissance. Elle est une des cofondatrices de la revue *Fire!!* qui ne connaît malheureusement qu'un unique numéro avant que les bureaux de la rédaction ne soient partiellement détruits par… le feu. Sur les quelques photos que l'on trouve d'elle à l'époque, elle a un sourire immense, les sourcils arqués et des chapeaux à l'élégance crâne qui tracent une diagonale au travers de l'image. C'est à la fin des années 1920 qu'elle et Langston Hughes deviennent amis, animés par le même désir de créer une littérature noire qui montrerait la créativité de la communauté afro-américaine – bien que leurs opinions politiques soient à l'opposé, Hurston se proclamant républicaine et Hughes communiste. Il lui présente sa « marraine », Charlotte Mason, et une nouvelle mécène riche et blanche fait son entrée dans la vie de Hurston. Entre 1928 et 1932, c'est Mason qui finance les travaux que Hurston mène sur le folklore noir américain dans le sud du pays, d'où naîtra notamment le recueil *Mules and Men*, paru en 1935.

Les années 1930 sont pour Hurston des années d'études de terrain (aux États-Unis, mais aussi en Jamaïque et en Haïti) et d'écriture (elle publie trois romans et deux études anthropologiques). Les livres ne se vendent pas très bien et certaines des critiques, notamment celles qui émanent de la communauté afro-américaine, sont violentes mais elles disent aussi, en filigrane, la place que Hurston occupe : on ne peut pas *ne pas* lire ses livres, on ne peut pas ne pas en parler – quand bien même on les déteste.

Les années 1940 ressemblent un peu aux années 1930 mais les voyages et l'argent se font plus rares… Dans un article du *Los Angeles Times* datant de 1991, Elizabeth Mehren rappelle qu'en additionnant les droits de ses romans, pièces, essais et nouvelles, Hurston a touché moins de mille dollars au cours de sa vie (on comprend mieux la nécessité du mécénat). C'est en 1942 que Hurston publie son autobiographie, *Dust Tracks on a Road,* laquelle peut encore raconter une histoire d'ascension en ignorant la dernière décennie qui se profile…

Dans les années 1950, Hurston, installée en Floride, retombe dans la pauvreté. L'assistance publique remplace les mécènes et les chèques des éditeurs. Elle écrit notamment « Ce que les éditeurs blancs ne publieront jamais », un article pour le *Negro Digest* dans lequel apparaît cette phrase qui pourrait résumer sa vie : « Un Noir qui a fait des études n'est pas pour autant une personne comme les autres, il n'est qu'un problème intéressant. » Son succès relatif s'étiole et disparaît, ses écrits sont peu à peu oubliés : c'est d'autant plus facile que, déjà, au faîte de sa vie littéraire, ses pairs masculins ont critiqué avec véhémence son manque de portée politique, lui ont reproché de verser dans une « sensualité facile » quand il aurait fallu faire la guerre. Richard Wright, l'auteur de *Black Boy,* a ainsi attaqué *Mais leurs yeux dardaient sur Dieu* en affirmant que le livre n'avait « aucun sujet, aucun message, aucune réflexion », allant jusqu'à accuser l'ouvrage de n'avoir pas été écrit pour un lectorat noir mais pour conforter les Blancs dans leurs préjugés. Hurston multiplie les petits emplois, bibliothécaire, bonne à tout faire, professeure remplaçante... Il n'est plus question de « bondir vers le soleil », comme sa mère le lui répétait dans son enfance, uniquement de parvenir à survivre. Elle meurt en 1960, dans l'anonymat.

Son nom n'est apparu sur sa tombe que près de quinze ans après sa mort, lorsque Alice Walker et Charlotte Hunt ont remplacé la pierre nue, posée sur le corps de Hurston, par une autre qui la qualifiait de « Génie du Sud ». Walker a raconté cette enquête pour retrouver l'autrice oubliée – et, d'une certaine manière, délibérément effacée – dans l'article « Looking for Zora », paru dans *Ms*. À sa suite, plusieurs écrivaines noires américaines se sont emparées de l'œuvre de Hurston. Elles ont ouvert en deux la frise chronologique de l'histoire littéraire pour la réinstaller dedans et la proclamer leur ancêtre. Parmi celles qui disaient ou disent encore avoir reçu ses livres en héritage, on trouve Toni Morrison, Maya Angelou, Jamaica Kincaid ou encore Zadie Smith. Les généalogies littéraires sont parmi les choses qui me fascinent : les familles inventées, choisies librement – et je trouve celle-là particulièrement belle. La mémoire et les mots de Hurston circulent entre ces femmes depuis près de cinquante ans... mais ils ne sont pas arrivés jusqu'en France. De ce côté de l'Atlantique, le nom de Hurston est toujours manquant sur la pierre tombale. Quant à son roman majeur, *Mais leurs yeux dardaient sur Dieu*, paru en 1937 aux États-Unis (l'année où Margaret Mitchell reçoit le prix Pulitzer pour *Autant en emporte le vent*), il n'a été traduit en France que soixante ans plus tard par Françoise Brodsky au Castor astral avant de connaître, en 2018, une nouvelle traduction chez Zulma (par Sika Fakambi donc – on ne la citera jamais assez).

Mais revenons-en à Janie. Lorsque le roman s'ouvre, elle apparaît en salopette, ses longs cheveux pris dans une tresse. Elle traverse Eatonville, silencieuse et crottée, et les ragots naissent dans son sillage. D'où est-ce qu'elle s'en revient, celle-là ? Et pourquoi habillée comme ça ? Est-ce qu'elle n'avait pas quitté Eatonville au bras d'un homme plus jeune qu'elle ? Est-ce qu'il l'a laissée tomber après avoir bu son argent ? Les commentaires se déchaînent et, pour traduire les « parlottes », Sika Fakambi fait le choix de ne pas calquer mot à mot le « parler noir » américain, de créer une langue qui paraît tour à tour perfusée de créole, de cajun ou de tournures béninoises. Comme le faisait remarquer Sylvain Pattieu dans une tribune parue dans *Le Monde* en 2020, le « parler noir » d'*Autant en emporte le vent* est « une langue tronquée, dégradée, imitation maladroite de celle des Blancs », quand celle de Hurston déploie « sa complexité, sa capacité d'invention » : ce n'est pas « une langue plus pauvre, ou avec des « fautes » », c'en est une autre.

Dans sa tentative pour expliquer son retour à Eatonville à son amie Pheoby, Janie se livre à une entreprise autobiographique, ou plutôt au récit de son rapport au désir depuis son plus jeune âge. C'est ce qu'est le roman : l'histoire du désir d'une femme noire qui, dans une société marquée par la domination des Blancs sur les Noirs et des hommes sur les femmes, n'aurait pas dû avoir le droit de désirer. « Chère, l'homme blanc c'est lui qu'est le maître de toutes les choses ici-bas, aussi loin que j'en ai vu. (...). Fait que l'homme blanc y jette le fardeau à terre et y dit à l'homme nègue d'aller le ramasser. L'homme nègue y va le ramasser pasqu'y faut bien, mais y va pas le porter rien du tout. Y va le refiler à ses femmes. La femme nègue c'est elle la mule du monde pour tout ce que j'en ai vu », lui dit sa grand-mère. Pourtant, Janie rêve et désire, dans une ampleur qui paraît inconvenante à son entourage.

C'est à l'adolescence, devant la floraison d'un poirier, que Janie réalise son « désir de prendre à bras-le-corps la vie », désir d'un trouble sensuel, désir de beauté, désir de caresses qui se confondent chez la jeune fille, au grand désespoir de sa grand-mère qui voudrait la voir « marier un tout bien comme y faut » et l'accuse de ne vouloir « que d'embrasser et de becquer et de s'enrouler autour du premier qu'arrive ». Nanny, cette grand-mère qui fut esclave et violée par son maître, fait peser sur sa petite-fille le poids de ses contradictions, lui disant à la fois : « Toi y a pas rien qui peut t'empêcher de désirer », mais décidant de la marier à un homme dont Janie ne veut pas alors qu'elle n'a que seize ans. Dans la pensée de Nanny, on ne peut se protéger de la violence des hommes qu'en choisissant la moindre violence, celle du mariage avec « un tout bien comme y faut » (c'est-à-dire qui possède les fameux « quarante acres et une mule » promis aux anciens esclaves à la fin de la guerre de Sécession), ou, en d'autres termes, ce n'est qu'en devenant la propriété d'un homme bien que l'on tiendra les autres à l'écart. Et Nanny de soupirer : « Je peux pas mourir en doucement si je pense que des hommes qu'y soient blancs qu'y soient noirs y vont peutête te traiter comme si t'étais leur godet à cracher. » C'est un refrain qui revient souvent, dans la vie de Janie, cette nécessité de trouver un protecteur : « Une femme toute seule, c'est une chose regrettante. Y leur faut ça de l'aide et de l'assistance. » Mais pour l'instant, Janie a seize ans et elle vient d'épouser un homme qu'elle n'aime pas, persuadée que l'amour viendra avec le mariage puisqu'elle ne voit pas comment vivre sans et que c'est ce que lui ont répété les autres femmes. Ce qu'elle découvre lors de cette première union, c'est que l'amour et le désir n'ont qu'une direction : c'est l'homme qui veut la femme, jamais l'inverse. Mais Janie est incapable de s'en satisfaire : « Moi je voudrais bien vouloir de lui en quèque fois. Je veux pas ça qu'y soye tout seul à faire tout le vouloir. » Cette dynamique à sens unique permet à l'homme de ne jamais s'efforcer d'être désirable. Il n'essaie même pas d'être propre ! Janie s'offusque de ce que son mari ne se lave pas les pieds avant de venir se coucher contre elle, alors même qu'elle dispose une bassine près du lit à cet effet. En relisant cette scène, j'ai pensé à « Érotiser les hommes », un épisode du podcast *Les Couilles sur la table* datant de 2020, dans lequel Victoire Tuaillon et Maïa Mazaurette abordent ce sujet du corps masculin désirable et soulignent les écarts significatifs entre hommes et femmes dans les gestes élémentaires de propreté[11]. Et le corps n'est qu'un aspect du problème : « Y dit même pas jamais une chose qui soye jolie », soupire Janie.

Elle ne s'y résout pas. Elle part avec un autre homme, un qui soigne sa personne, ses vêtements, parle bien, un qui paraît désirable : Joe Starks. Ils s'installent ensemble à Eatonville, une ville habitée uniquement par des Noirs (et où Hurston prétendait qu'elle était née). Joe Starks, le second mari de Janie, est un homme d'ambition et prétend la traiter comme une reine. Tout au long du roman, c'est une chose qui revient dans la bouche des hommes qui courtisent Janie : ils lui parlent de ce qu'elle « mérite », jamais de ce qu'elle veut. « Ça parlait honneur et ça parlait respect. Et tout ce qu'ils

11. Selon une enquête de l'Ifop réalisée en février 2020, les femmes sont plus nombreuses que les hommes à se laver chaque jour (81 % pour elles, 71 % pour eux), à changer de sous-vêtements tous les jours (94 % pour elles, 73 % pour eux) ou à se laver les mains après avoir pris les transports en commun (42 % / 31 %).

disaient et tout ce qu'ils faisaient s'en allait se réfracter dans son indifférence pour se perdre au bord des ossements du néant. » Dans le magasin que Joe vient de faire construire, Janie est entourée de belles choses mais elle n'est pas là pour les utiliser : elle n'est elle-même qu'une des belles choses que son mari utilise pour impressionner la population. Joe possède un crachoir doré et une belle femme, voilà tout. Il lui interdit de parler avec les hommes de la ville, de faire un discours ou de participer aux cérémonies qui rythment le quotidien d'Eatonville. Rapidement, il l'oblige à porter un foulard lorsqu'elle sert la clientèle pour dissimuler sa merveilleuse chevelure, et ce qu'il y a de bouleversant dans les portraits que dresse Hurston, c'est qu'elle mentionne la souffrance de Starks devant cette situation absurde (il est impossible, donc, que ce qu'on lit soit strictement le récit que Janie fait à Phoeby, Hurston reprend clairement les rênes par endroits pour permettre d'autres points de vue). Joe est jaloux des commentaires des autres hommes sur la beauté de sa femme, beauté qu'il a lui-même exhibée devant les autres hommes pour les rendre jaloux. Il ne sait plus quoi faire de son trophée et il n'ose pas l'avouer. La domination qu'il exerce sur elle ne lui assure pas la tranquillité, au contraire. À aucun moment, Joe ne saura quoi faire de sa femme. À aucun moment, il ne lui vient à l'esprit qu'il n'a rien à en faire, qu'elle saura vivre par elle-même. La rancune s'installe entre les deux. Joe en veut à Janie de son ingratitude : « Lui qui déversait tant d'honneurs sur elle, qui lui élevait le haut siège pour s'asseoir et contempler le monde ici-bas et elle qui faisait la moue devant tout ça. » Il lui donne ce qu'elle ne veut pas et ne lui donne pas ce qu'elle veut – tout le problème vient du fait qu'il pense aux femmes comme à un ensemble et qu'au nom de celles qui seraient bien heureuses d'être à la place de Janie, Janie se doit de se réjouir. Il n'est d'ailleurs pas le seul à le faire. Lors des parlottes qui ont lieu tous les soirs, sur les marches du magasin, les hommes assemblés assurent savoir ce que « les femmes » veulent (eux, la plupart du temps). Les comparaisons animalières se multiplient, avec les vaches, avec les poulets, affirmant jour après jour qu'il n'y a pas tant de différence entre une femme et une autre : elles font troupeau. Un jour, Janie intervient : « Comment vous serez bien étonnés le jour où vous allez comprendre que vous savez même pas la moitié des choses que vous croyez savoir sur nous. » Et peut-être que la première chose à oublier serait qu'il existe un « nous » quand on parle du désir, un « les femmes » désirant de concert les mêmes choses, ayant listé les mêmes désirs minuscules, peut-être un désir unique : avoir un mari qui ne me bat pas. Janie est de la trempe de Hurston sur la question du désir : elle ne se satisfera pas de ce qu'on lui donne, elle veut bondir vers le soleil. Une des particularités du personnage que je n'ai remarquée qu'à la relecture du roman, tant Hurston choisit de ne pas s'appesantir sur la question, c'est qu'elle n'a pas d'enfant. Elle connaît trois « mariages » sans que la maternité n'intervienne et elle rompt ainsi avec le modèle proposé par Nanny, laquelle « raclait la terre » uniquement pour s'assurer que sa progéniture aurait de meilleurs lendemains. Pour Janie, il n'y a pas de lendemain, il n'y a pas de vies futures qui viendront continuer la sienne et peut-être l'améliorer, il n'y a que l'impérieuse question du maintenant – ce qui rend d'autant moins supportable la violence ou la médiocrité des hommes qui l'entourent.

Toi y a pas rien qui peut t'empêcher de désirer. Ce que décrit Hurston, c'est la prise de conscience, par Janie, que son désir est jugé extraordinaire ou puéril. Pourtant, jamais elle ne l'abandonne : elle apprend à ne plus le montrer, à ne plus en parler, à le garder « dans son dedans » mais elle refuse de s'assécher. Elle agit pour protéger sa capacité à désirer, pour ne plus l'abîmer ou l'amoindrir sur un homme comme son second mari dont elle n'espère plus rien. Devant la distance qu'elle adopte, Joe entreprend de la vexer, de l'humilier, attaquant à la fois son intelligence et son physique, lui rappelant en public qu'elle n'est plus de première jeunesse (« t'es de la vieille carne à l'heure présente ») alors qu'il est beaucoup plus âgé qu'elle. Il y a une scène que j'aime particulièrement, au cours de laquelle Janie – insultée par son mari devant les clients – lui répond en l'attaquant sur les faiblesses de son vieux corps. Elle comprend alors, devant les réactions horrifiées de ceux qui sont présents, que l'on ne critique pas de la même manière la féminité d'une femme et la virilité d'un homme, que la première est offerte à tous les commentaires mais que la seconde est secrète et sacrée.

Enfin, arrive le personnage de Tea Cake, et avec lui l'irruption du désir et l'émancipation qu'il permet, le refus de se laisser emprisonner par les convenances ou le regard des autres. Ce qui est moderne, ou tout simplement trop rare, dans la description que Hurston fait de ce personnage et du couple qu'il va rapidement former avec Janie, c'est que lui est d'abord décrit comme un objet de désir. Une des premières choses que l'on saura de cet homme, c'est que ses lèvres sont « pleines et pourpres ». Par ailleurs, c'est elle qui, la première, attrape sa main pendant une partie de dames. C'est elle qui flirte en lui demandant s'il est « sucré » comme son surnom le laisse penser. Janie désire et Janie agit. Avec lui, elle découvre le jeu, la danse, les paysages des Everglades, le plaisir de se regarder dans le miroir en se trouvant désirable. Elle apprend aussi à tirer au fusil et devient capable de se défendre seule (ce qui s'avérera utile). C'est l'histoire de Tea Cake et de Janie, j'imagine, qui a fait dire à Oprah Winfrey que *Mais leurs yeux dardaient sur Dieu* était « le plus beau roman d'amour de tous les temps »[12]. Pour moi, c'est surtout l'histoire d'une femme qui affirme contre tous : « Moi, ce que je veux, c'est utiliser tout mon moi-même », et qui défie le silence

12. On pourrait trouver plusieurs scènes qui viennent tempérer cette impression de conte de fées, comme celle où Tea Cake frappe Janie ou celle où il lui vole son argent.

que les hommes lui ont imposé en se racontant tout au long du livre.

Si j'aime tant Janie, c'est sans doute pour ce désir qu'elle exprime et qui est très, trop rare chez les personnages féminins. Quand j'ai traduit *I Love Dick*, je me sentais parfois rougir en écrivant en français les phrases de Chris Kraus – des phrases que je pouvais, par ailleurs, avoir prononcé cent fois mais que je n'avais jamais écrites et rarement lues : « Y a-t-il un moment au milieu de tout cela pour te dire à quel point j'ai mouillé, constamment, depuis que nous nous sommes parlé au téléphone il y a huit jours ? »[13]. Le roman de Kraus raconte l'histoire de la passion de Chris, mariée à Sylvère, pour un autre homme, le fameux Dick – ce serait presque une histoire d'adultère comme celles déjà mentionnées, sauf que Chris et Sylvère discutent ensemble du désir de Chris et, pendant une partie conséquente du livre, ils écrivent même tous les deux à Dick. Et surtout, ce que cherche à comprendre Chris[14] en vivant entièrement cette passion naissante, c'est pourquoi il y aurait « quelque chose d'intrinsèquement grotesque, indicible dans le désir féminin ».

---

13. Et, sans doute, Chris Kraus rougit-elle un peu elle aussi en écrivant ce passage car la phrase est entre parenthèses, signe de ponctuation faussement détaché s'il en est.

14. Pour que ce soit clair : lorsque je dis « Chris Kraus », je désigne l'autrice, et quand je dis « Chris », le personnage, qui est aussi la narratrice une bonne partie du temps mais pas toujours (et donc ce n'est pas forcément plus clair après explication).

Le livre est, comme le récit de Janie, une tentative pour raconter *son* désir à *sa* manière, sans être prisonnière du regard que les hommes (ou les autres femmes) peuvent porter sur elle : « Jusqu'à maintenant, j'ai raconté deux fois "notre" histoire, tard dans la nuit, et de façon aussi complète que j'ai pu (...). C'est l'histoire de deux cent cinquante lettres, de mon "avilissement", de mon saut de la falaise, la tête la première. Pourquoi est-ce que tout le monde pense que les femmes s'avilissent quand nous exposons les conditions de notre propre avilissement ? »

C'est une chose que j'ai remarquée assez tard dans ma vie de lectrice, plus de dix ans après avoir commencé à lire des romans : il n'existait pas, dans les livres qui m'étaient mis entre les mains, de désir féminin pour les hommes. Et qu'on ne me dise pas que c'est ce dont parle *Madame Bovary* : quand il décrit l'admiration d'Emma pour les « longues bottes molles » de Rodolphe, Flaubert n'endosse pas le désir d'Emma pour cet homme, il me montre que c'est une sotte que le moindre accessoire de mode, aux sonorités ridicules – ces « o » qui se répètent comme un ricochet raté (sans même parler de l'image de la mollesse convoquée ici) –, suffit à mettre en transe parce qu'elle ne sait rien, ne connaît rien. *L'Amant de Lady Chatterley* est sans doute un peu différent, mais les pages les plus torrides ne sont pas celles qui évoquent le désir de Constance pour son garde-chasse, ce sont celles où lui, l'homme, parle de son cul à elle. Le roman de D.H. Lawrence est moins, à mon avis, l'histoire d'une femme qui découvre le désir (ou « qui trouve l'épanouissement physique dans les bras vigoureux de son garde-chasse », comme le dit la présentation de Gallimard) qu'une femme qui découvre ce que ça lui fait d'être désirée, de façon crue, sans politesse. C'est très intéressant *aussi* et c'est un des rares romans que je trouve vraiment érotique, mais Lawrence ne met pas en scène une femme qui désire. Or, moi, à dix-sept ans (l'âge auquel j'ai lu ce livre), j'aimais les hommes et j'arrivais à Paris, une grande ville qui contenait, forcément, beaucoup d'hommes inconnus, de visages d'hommes nouveaux et de corps d'hommes nouveaux et je tournais la tête sur eux dans la rue et je m'émerveillais qu'ils soient si nombreux et qu'ils soient si beaux et ça n'existait nulle part dans les livres que je prenais le soir sur mon étagère, la tête encore pleine des images de la rue. Ou plutôt si, ça existait, mais à un endroit spécifique : la seule littérature qui ait fait écho à mon désir, pendant ces années-là, a été celle de Jean Genet – c'est un propos que tient aussi Chris Kraus, dans *I Love Dick*, en citant *Un captif amoureux*. Dans ses écrits à lui, je trouvais une farandole de corps d'hommes, parfois solides comme des arbres et parfois frêles, parfois vêtus d'une robe, couverts de fleurs, parfois en uniforme de prisonnier, des hommes qui suscitaient le désir de façon mécanique (ils étaient, semble-t-il, bâtis pour ça) et d'autres par surprise, parfois contre le gré du narrateur, du personnage, contre mon propre gré aussi. Il est assez étrange de penser que si j'ai pu vivre sereinement mon désir de jeune femme hétérosexuelle, ce n'est pas grâce à la littérature hétéro qui ne m'aidait *pas du tout* mais grâce aux pages d'un auteur homosexuel. Je répétais cette phrase du *Miracle de la rose* : « J'aspirais alors à me laisser étreindre par la splendide et paisible stature d'un homme de pierre aux angles nets. » En 1975, quand la militante et cinéaste Laura Mulvey a commencé à écrire sur le *male gaze*[15], elle a décrit ce qu'il faisait aux femmes photographiées ou filmées : les enfermer dans un rôle d'objet érotisé, soumis au triple regard masculin du réalisateur, du spectateur et de leurs alter ego masculins. Mais le *male gaze* a aussi pour corollaire immédiat de limiter l'image qui est donnée des hommes, en ne les présentant jamais comme des objets possibles de désir, en ne les donnant jamais à regarder, jamais immobiles, jamais alanguis – à croire que jamais ils ne somnolent, jamais ils ne s'arrêtent sur le pas de la porte pour qu'un amant ou une amante s'émerveillent de les voir plantés là, jamais ils n'ont un geste qui ne soit pas sorti du catalogue des gestes masculins homologués.

Quand j'ai commencé à écrire, j'ai été prise dans une forme de reproduction de ce que j'avais lu. J'ai créé Kerstin pour qu'Imre tombe

15. Pour résumer : le fait que les productions audiovisuelles, dans leur immense majorité, adoptent le regard d'un homme hétérosexuel et partent du principe que leur public portera lui aussi ce regard, notamment sur les personnages féminins. Le *male gaze*, c'est un peu la complicité que Beauvoir perçoit entre Hemingway et son lecteur.

amoureux. J'ai créé Émilie pour que Frank tombe amoureux. Je me souviens que j'étais en train de travailler sur *Juste avant l'oubli* quand mon ami N. m'a envoyé *King Kong Théorie*. J'ai lu ce qu'écrivait Despentes sur les personnages féminins, dès l'ouverture du livre, dans le chapitre intitulé « Bad lieutenantes » :

« Même aujourd'hui que les femmes publient beaucoup de romans, on rencontre rarement des personnages féminins aux physiques ingrats ou médiocres, inaptes à aimer les hommes ou à s'en faire aimer. Au contraire, les héroïnes contemporaines aiment les hommes, les rencontrent facilement, couchent avec eux en deux chapitres, elles jouissent en quatre lignes et elles aiment toutes le sexe. »

Puis j'ai relu le passage suivant dans mon texte :

« Elle avait une peau incroyablement blanche qui paraissait presque argentée dans la lumière. Son long cou planté sur un petit corps lui donnait des allures d'oiseau. L'apparente fragilité de ses vertèbres était renforcée par d'épais cheveux bruns qui paraissaient trop lourds (*Ne les coupe jamais*, supplierait-il plus tard). Contrairement aux autres filles qui arboraient sur les lèvres deux traits rouges comme des tranches de viande, elle ne portait aucun maquillage. Ses yeux vert

> sombre se détachaient sans peine du blanc étonnant de son visage. Leur couleur était pleine, humide, comme fraîchement peinte. Quand ils se posaient sur vous, ils créaient une zone de silence et de lenteur. Ils étaient énormes. Dans un autre visage, ils auraient été effrayants. Le fait que ces yeux se trouvent *justement* dans un visage qui les adoucissait, ou – pour le dire autrement – le miracle que les yeux d'Émilie aient trouvé le visage d'Émilie constituait, selon Franck, le socle, la condition et la preuve de sa beauté. »

Et j'ai eu honte de réaliser que je n'avais jamais créé un personnage féminin et jeune qui ne soit pas beau, pas désirable. Alors pourquoi avoir gardé ce passage ? Parce que Franck n'a pas lu *King Kong Théorie*. Il continue à penser qu'une femme doit être avant tout la beauté et la grâce et il ne tombe amoureux que si ces conditions sont réunies. Ce que j'ai modifié en revanche, c'est le reste. J'ai fait d'Émilie une femme sans désir d'enfant mais traversée du désir pour d'autres hommes. J'ai fait d'Émilie un personnage féminin qui déborde ce que le personnage masculin se raconte sur elle et qui finit par échapper tout à fait à ce récit. Mais il a fallu que je me corrige, il a fallu que la théorie vienne remodeler consciemment ce qui naissait de la pratique, laquelle s'était formée sur des modèles tronqués...

J'ai retrouvé cette expression d'un manque, vécu en tant que lecteur puis en tant qu'auteur, dans l'interview du romancier Tristan Garcia pour *Bookmakers*, un podcast merveilleux sur Arte Radio, mené par Richard Gaitet. Au cours de cet entretien, Garcia parle de James Ellroy, de l'admiration qu'il a ressentie au départ pour cet auteur et « sa capacité à devenir mille personnages masculins ». Mais cette admiration se dégrade au fur et à mesure que le romancier français réalise que les personnages sont tous des hommes, tous blancs, « tous sexistes, tous violeurs en puissance ou ayant des fantasmes de viols » :

> « Je n'arrivais plus à le lire sans penser : Mais pourquoi, bon sang, est-ce que, à un moment, pendant cinquante pages, il ne peut pas devenir noir ? Pourquoi est-ce que pendant cinquante pages, il ne devient pas cette femme désignée essentiellement par ses fesses, ses seins, sa chevelure ondoyante et sa bouche qui semble appeler un acte sexuel ? (...) Ce qui m'a rendu triste pour lui (...), c'est son impuissance à devenir la sale pute, à devenir la traînée, à devenir le youpin, à devenir le négro, il n'y arrive pas. »

Le problème, c'est qu'Ellroy n'est pas le seul à ne jamais réussir (essayer ?) ce que Garcia appelle « le saut de genre » et que la fréquentation, plus ou moins naïve, d'une littérature saturée de personnages masculins quand les figures féminines ne sont que des fantasmes a des conséquences. Tristan Garcia raconte ainsi qu'il a l'impression d'avoir mieux réussi le « saut d'espèce » en devenant un singe dans *Mémoire de la jungle* que le « saut de genre » en créant ses premiers personnages féminins. Il donne alors l'explication suivante, que je trouve incroyablement émouvante – sans doute parce que sa voix est hésitante, douce et triste, au moment de dresser ce constat :

> « J'ai l'impression que mon éducation littéraire s'est faite malgré tout, à 90 % minimum, par des romans, par des fictions écrites par des hommes. Et parfois j'en conçois une sorte de tristesse. Je vais prendre un exemple : longtemps, j'ai beaucoup aimé l'œuvre de Gracq, (...) ses personnages féminins sont tous les mêmes, ce sont des femmes un peu lunaires, inaccessibles, avec une sorte de chair opaque sous laquelle le narrateur n'arrive jamais à pénétrer, qui sont toujours un peu animales et instinctives, alors que le narrateur évidemment est trop cérébral, rationalise et le personnage féminin, avec lequel parfois il couche, lui échappe toujours, comme une sorte d'animal sauvage qui va repartir dans le domaine de l'instinct et de l'intuitif. Et au bout d'un moment, je me suis dit : Mince, c'est quand même triste pour toutes ces générations d'hommes qui ont écrit, leur incapacité à produire des personnages féminins qui soient autre chose que leur propre fantasme. Ça montre que, au fond, jamais sans doute dans toute leur vie ils

n'ont eu une discussion d'égal à égale avec une femme, que jamais, sans que ce soit teinté de désir sexuel, de désir de possession, ils n'ont réussi à entretenir une réelle camaraderie ou à avoir une forme d'empathie pour une subjectivité féminine sans que ce soit sur le mode de la fascination, de l'attraction, de la possession et de la sexualité. Et donc, c'est comme s'ils étaient restés à l'extérieur toute leur vie, comme derrière une vitrine infranchissable, ne sachant pas ce qu'il y avait à l'intérieur, sinon une forme de vie animale, peut-être vide. C'est toute une littérature à laquelle il manque une moitié de monde. »

Être autrice

Toute une littérature à laquelle il manque une moitié du monde, ça fait quand même beaucoup. Ça se pose là, comme trou béant. Ça se remarque… non ?

Du côté des productions, cela s'explique, sans doute, par le fait que le champ littéraire lui-même est partiellement amputé : non que les femmes y soient moins nombreuses aujourd'hui mais elles n'y occupent pas ou peu les positions dominantes. J'écris et je publie dans un milieu qui, malgré le grand nombre de femmes qui y travaillent, est défavorable aux femmes (comme beaucoup) (comme tous). Les prix littéraires le reflètent chaque année. Depuis sa création en 1903, le prix Goncourt n'a récompensé que 10 % de femmes. Les lauréates du prix Femina ne représentent que 36,8 % du palmarès, celles du Goncourt des lycéens 36,7 %, celles du prix Inter 32,6 %, du Médicis 21 %, du Renaudot 15,2 %… Le Nobel de littérature n'a couronné qu'une dizaine de femmes, contre une centaine d'hommes. Certes, cela peut s'expliquer en partie par les conditions historiques de production : combien de femmes ont-elles été privées d'une « chambre à soi » et des « cinq cents livres de rente » demandées par Virginia Woolf ? Mais, pour beaucoup d'entre nous, nous avons désormais des chambres et la consécration paritaire, elle, tarde à venir. Sur les trente dernières années, il est arrivé à plusieurs reprises que les femmes soient totalement absentes du palmarès des grands prix d'automne (en 1986, 1994, 1995, 2003 et 2008) et sur la période 2012-2020, les femmes ne représentent que 38 % des sélectionnés aux neuf grands prix littéraires.

Interrogée par France Culture en 2018, Anne-Marie Garat, lauréate et jurée du prix Femina, évoque ce qu'elle appelle la perpétuelle « secondarisation » des femmes dans la vie publique littéraire :

> « Comme si par une sorte d'inertie de l'histoire et de manière occulte se perpétuait cette idée que les femmes ne sont pas dans l'excellence. Il n'y a pas un écrivain homme de ma génération qui cite ses contemporaines quand on l'interroge sur ses références littéraires, seulement celles du panthéon comme Marguerite Duras, Virginia Woolf ou Yourcenar… Et quand il les cite, c'est comme une espèce d'arrière-fond de l'histoire. Je suis sûre que mes contemporains ne lisent pas ce que j'écris : ce sont des "livres de bonne femme". Nous sommes des romancières, mais pas des écrivains à part entière, c'est-à-dire des

créatrices dans l'art de la langue, il y a un préjugé masculin qui se perpétue. »

Le même constat est dressé par Laure Murat dans son essai *Relire* : les autrices n'existent que panthéonisées – c'est-à-dire mortes. Quand elle demande à deux cents « grands lecteurs » ce qu'ils et elles relisent, Laure Murat reçoit 125 noms d'auteurs, dont 93 % sont des hommes. Parmi les 9 noms de femmes, aucune autrice vivante. Et parmi les hommes ayant répondu au questionnaire de Murat, un seul a cité une autrice – les huit autres ont été citées par des femmes.

En introduction de *La Marche du cavalier*, Geneviève Brisac rappelait le sans-gêne avec lequel le dédain masculin pour les autrices a pu s'afficher au grand jour lorsque, par exemple, Nabokov déclarait laconiquement : « J'ai des préjugés contre toutes les femmes écrivains. Elles appartiennent à une autre catégorie » – sans préciser laquelle (« par indifférence, sans aucun doute », écrit Brisac). Leurs livres sont des livres de bonnes femmes, incomparables à ceux des auteurs mâles et « dès qu'ils lisent ces syllabes : mère, enfant[16], jardins, rues des villes, de jour, ils poussent les hauts cris, lancent des anathèmes, dont les moins vindicatifs sont ringardise et ennui mortel. Il faut abattre des murs

16. Rappelons-nous (sans vouloir vous commander) cette phrase de l'écrivaine Rivka Galchen : « La littérature contient plus de chiens que d'enfants et plus d'avortements que de bébés. »

entiers de préjugés pour percevoir le mystère des jardins, leur permanence, leur cruauté – les traces du monde s'y impriment sans qu'on s'en aperçoive ».

C'est là que se situerait le plafond de verre des autrices, dans cette frontière de genre qui voudrait que nous écrivions surtout, voire seulement pour les femmes. Au début des années 1980, Dale Spender, écrivaine et universitaire féministe, publie *Man Made Language* et replace ce plafond de verre dans une perspective historique de séparation de la parole publique (réservée aux hommes) et de la parole privée (domaine des femmes). Certes, depuis des siècles, des femmes arrivent à l'écriture et même à la publication, mais « la dichotomie homme/femme, public/privé est maintenue grâce à la seule permission faite aux femmes d'écrire... pour elles-mêmes (par exemple, des journaux intimes) et pour d'autres femmes, sous forme de lettres, traités de morale, articles à l'usage d'autres femmes – particulièrement sur des sujets domestiques – et même des romans pour les femmes... ». Cet échange, strictement entre autrices et lectrices, fait perdurer la sphère privée : « Les contradictions n'apparaissent que lorsque les femmes écrivent pour les hommes. » C'est peut-être moins une « inertie de l'Histoire », comme le disait Anne-Marie Garat, qu'un glissement subreptice. En d'autres termes, les limites que rencontrent les femmes qui écrivent se déplacent : nous ne sommes plus cantonnées à certaines formes, certains genres, « la belle ouvrage » d'écriture qui ressemblerait à une jolie dentelle ou à un morceau de harpe bien exécuté[17], mais une préservation du statu quo a pourtant lieu lorsque la limite est désormais tracée au sein du lectorat et veut que nous écrivions pour « les femmes ».

Il existe, bien sûr, des exceptions à cette règle – et je le sais d'autant mieux qu'elles m'ont profité. S'arrachent à la catégorie des « livres de bonnes femmes » ceux qui remplissent une autre fonction que d'être des romans, ceux à qui l'on reconnaît une fonction politique et sociale, par exemple, une *utilité*. Le succès qu'a reçu *L'Art de perdre* tient beaucoup à son sujet : la domination coloniale et la guerre d'Algérie, ça en imposait forcément un peu, ça m'éloignait des « jardins » et des « enfants » dont parle Geneviève Brisac. Ce que beaucoup de critiques ont salué, c'est que j'aurais, avec ce roman, « fait entrer les harkis dans le champ romanesque », « rompu le silence », « comblé les blancs » – en gros, fait une œuvre de pédagogie jugée socialement bénéfique. J'en suis très heureuse, c'est ce que je souhaitais *aussi*, mais je constate que ce qui m'a donné un statut d'autrice reconnue ne relève pas de la littérature.

Cette plus-value sera encore plus facile à obtenir pour les autrices étrangères, dont l'œuvre devient lieu de passage vers un pays mal connu. La littérature étrangère promet toujours une aventure, une entrée dans l'inexploré, elle véhicule un lot d'excitations qui lui

---

17. Nabokov qualifie les livres de Jane Austen d'« exquis travail au petit point ».

est propre : même immobile, elle est une littérature de voyage. Quand le pays découvert à travers l'œuvre est en proie à des conflits politiques, l'autrice acquiert un sérieux, une aura encore plus considérables. Au-delà de ses livres, son existence et son corps mêmes sont vus comme des incarnations du pays lointain, qui se convulse. Il doit y avoir des articles écrits sur Magda Szabo qui ne mentionnent pas son refus d'écrire pour le gouvernement socialiste hongrois au début de la guerre froide mais ils sont rares. De même qu'il doit y avoir des articles écrits sur Zeruya Shalev qui ne font pas écho de l'explosion du bus qui l'a blessée en 2004 à Jérusalem mais il faut sans doute cliquer sur les pages suivantes du moteur de recherche. Szabo et Shalev ne peuvent pas être des « bonnes femmes » puisqu'elles sont la Hongrie et Israël, en proie à des déchirements politiques. Peu importe que, par ailleurs, leurs romans racontent des histoires de femmes, d'accouchements, d'adoptions, de fleurs apportées à l'hôpital, de montée de lait ou de discussions avec la concierge, elles sont sauvées de la secondarisation – pour des raisons qui n'ont rien à voir avec l'écriture.

L'écueil évident, dans cette manière de distinguer certaines autrices pour leur travail de passeuse vers des histoires méconnues (qu'elles soient nationales ou étrangères), c'est le risque d'en faire des porte-parole et de ne plus les regarder comme des créatrices de fiction. Depuis 2017, j'ai été identifiée aux personnages de *L'Art de perdre* tant de fois que j'ai cessé de protester (estimant que le temps perdu pour rectifier, dans des interviews souvent trop brèves, me privait de dire autre chose). Il est possible que j'aie parlé d'Algérie (pays dans lequel je suis allée deux fois) plus que j'aie parlé d'écriture (ce qui m'occupe depuis vingt ans). Dans le podcast *Les Conversations Dialna*, Faïza Guène revient sur ce phénomène qui, pour elle, date de la publication de *Kiffe kiffe demain* (elle avait alors 19 ans) et perdure encore : « Tu n'*es* pas, tu représentes. (…) On te dit : "Tu as la chance de pouvoir parler, tu as la chance de pouvoir dire des choses, tu n'as pas le droit de dire 'je ne veux pas être le porte-parole' parce que c'est comme si tu te désavouais." » Ce n'est pas, en soi, un échec ou un dévoiement de l'œuvre, mais « il y a des moments où tu te dis : je voudrais juste parler de mes livres, de mes personnages (…) parce que je suis un écrivain, c'est ça que je fais ». *Ça*, pas autre chose. J'ai choisi une manière de raconter plutôt que cent autres, un mot par-dessus tous ses voisins, j'ai placé un point juste ici, au risque d'interrompre un souffle, j'ai coupé des paragraphes que j'aimais pourtant mais qui empêchaient le texte de tomber correctement, le faisaient gondoler. Je ne *porte* pas la parole venue d'ailleurs comme je déplacerais un carton de livres ou de photos. Je l'ai inventée parfois, travaillée toujours.

Même Toni Morrison, qui a toujours déployé une calme confiance en elle qui m'impressionne grandement, raconte à quel point le processus a été long avant qu'elle puisse s'affirmer « écrivaine ».

MORRISON : C'est arrivé très tard. (...) C'est au moment où j'écrivais *Le Chant de Salomon*, mon troisième livre, que j'ai commencé à penser que c'était une part centrale de ma vie. Je ne dis pas que d'autres femmes ne le disaient pas depuis longtemps mais, pour une femme, dire « Je suis écrivaine », c'est compliqué.

JOURNALISTE : Pourquoi ?

MORRISON : Eh bien, ça n'est plus si difficile *aujourd'hui* mais ça l'a certainement été pour moi et les femmes de ma génération, de ma classe ou de ma race. Je ne sais pas si toutes ces données jouent mais, au final, vous vous extrayez du rôle défini par votre genre. Vous ne dites pas « je suis une mère, je suis une épouse ». Ou, si vous êtes dans le marché du travail, « je suis prof, je suis éditrice ». Quand vous passez à « écrivaine », qu'est-ce que c'est censé dire ? Est-ce que c'est un travail ? Une façon de gagner sa vie ? C'est intervenir sur un terrain qui ne vous est pas familier – qui n'a jamais été le vôtre. À cette époque, je ne connaissais évidemment aucune autre autrice qui avait du succès : ça m'avait tout l'air d'être un domaine réservé aux hommes. Donc, on se retrouve à plus ou moins espérer devenir une petite figure mineure, à la marge. C'est presque comme si on avait besoin de la permission d'écrire. Quand je lis des biographies ou des autobiographies de femmes, dans chaque récit de leur venue à l'écriture, chacune y va de sa petite anecdote sur le moment où quelqu'un lui a donné la permission de s'y mettre. Une mère, un mari, un professeur – quelqu'un – lui a dit : Ok, c'est bon, tu peux le faire. Et je ne dis pas que les hommes n'en ont jamais eu besoin. C'est courant que, dans leur jeunesse, un mentor dise : Tu es au niveau, et ils se lancent. Ils ont toujours été certains d'avoir le droit de le faire. Pas moi. C'était très étrange. Même si je savais que l'écriture était cruciale pour moi, que c'était ce qui occupait mes pensées, ce qui m'apportait le plus de plaisir et de défi, je ne pouvais pas le dire. Si quelqu'un me demandait : Qu'est-ce que tu fais ?, je ne répondais pas : Oh, je suis écrivaine. Je disais : Je suis éditrice, ou Je suis prof.

J'ai mis du temps, moi aussi, à dire que j'étais écrivaine. Je crois qu'il a fallu la validation extérieure du prix du Livre Inter pour que j'ose prononcer ces mots-là parce que, à la suite de ce prix, j'ai arrêté ma thèse et ma charge d'enseignement à l'université et que désormais je savais ce que c'était « censé dire », pour reprendre l'expression de Toni Morrison. Ça disait : je n'ai pas d'autre travail que celui-là, je ne fais que ça, c'est ainsi que je gagne ma vie (et peut-être aussi : si vous ne me croyez pas, vous pouvez taper mon nom sur Google). Mais d'ailleurs, j'ai commencé en disant que j'étais écrivain – pas écrivaine. Auteur. Parce que je voulais être traitée comme un homme, je voulais, d'une certaine manière, aller jusqu'à effacer la femme le plus possible, parce qu'avec la femme venait la suspicion des « romans de bonne femme » et venait, surtout, le corps mis à disposition. Une autrice, ai-je réalisé très vite, c'est un corps sur lequel tout le monde a un avis. Lorsque j'ai publié *Jusque dans nos bras*, en 2010, et fait mes premiers passages dans les médias, je me suis entendu dire à plusieurs reprises qu'il fallait que je m'habille autrement. Une journaliste de France Inter m'a recommandé de « me vendre comme une jeune femme de vingt ans » au lieu de chercher à avoir l'air sérieux – je vous épargnerai la réflexion extrêmement alambiquée qui a été la mienne ensuite quand j'ai cherché comment je pourrais *avoir l'air* d'une femme de vingt ans si *être* une femme de vingt ans ne suffisait pas à faire le boulot. Après mon premier passage à *La Grande Librairie*, où j'étais si fière de partager le plateau avec Umberto Eco, le directeur littéraire de ma maison d'édition a cru bon de me reprocher en public la tenue que je portais à la télévision et qui me faisait paraître, selon ses dires, « poussiéreuse ». Autour de nous, les autres convives ont acquiescé ou esquissé un sourire gêné dans ma direction. Quand j'ai quitté Albin Michel quelques années plus tard, suite au départ de mon éditrice Véronique

Ovaldé, on m'a reproché mon « ingratitude ». Un des pontes de la maison a demandé que je vienne m'excuser publiquement, ce que j'ai refusé – je n'étais pas une petite fille qui avait fait une bêtise, contrairement à ce qu'il paraissait croire. Quelques semaines plus tard, j'ai appris qu'il avait déclaré, lors d'un rendez-vous d'éditeurs parisiens, que son grand regret était de ne pas m'avoir repérée plus tôt, de devoir me laisser partir maintenant alors que j'étais finalement devenue une belle femme. Mais ce n'était pas sa faute, a-t-il ajouté, parce que quand j'étais arrivée dans la maison, j'étais grosse et mal fagotée et personne n'aurait pu prédire que je serais jolie un jour[18]. Je ne sais pas si les autres convives l'ont rassuré : Bien sûr, ce n'était pas sa faute…

Dans ces conditions, l'écriture sera toujours quelque chose que l'on fera en plus – c'est-à-dire en plus d'être femme, d'avoir un visage de femme, un corps de femme qui est le sujet premier de l'attention. Donc, forcément, nos livres sont des livres de femme (au sens péjoratif) et ils sont traités comme tels, non seulement dans les conversations semi-privées mais aussi dans une partie de la presse. *Passion simple* d'Annie Ernaux a été décrit comme « un livre de midinette », Marie Darrieussecq a pu lire qu'elle aurait mieux fait de jeter *Le Bébé* avec les couches sales de son fils et, en 2017, le *JDD* a intitulé son article sur Lola Lafon et

18. J'imagine que les raisons pour lesquelles je m'identifie à Denise Baudu deviennent soudain plus claires…

moi : « Les gentilles filles qui vont marquer la rentrée littéraire » (ajoutant, après publication, des guillemets à « gentilles filles », dans la version en ligne).

Ces hommes et ces femmes dont le pouvoir décisionnel est immense, qui peuvent faire et défaire une rentrée littéraire, s'ils parlent comme ça des autrices, en privé comme en public, comment éviter que nous ayons l'air moins respectables, moins *lisibles* que nos confrères ? La construction de cette « autre catégorie » dont parlait Nabokov commence tôt et se poursuit aux différentes étapes de la vie d'un livre. Comme l'expliquait Kaoutar Harchi, dans le podcast *Les Conversations Dialna* :

> « Je trouve que le travail avec les éditeurs est particulier. Leur travail, c'est de construire un catalogue, c'est de créer des classements et nous, du coup, objectivement, immédiatement, on est très vite classées aussi. Et les classements dépendent peu de nous. Pour mon premier roman, j'ai découvert assez tardivement, des mois après la parution, que le livre était classé en jeunesse. C'est quelque chose qui m'avait beaucoup heurtée. (...) Très rapidement, si on n'est pas dans une forme d'affirmation, et d'affirmation qui doit souvent emprunter des codes masculins – pour ne pas dire une affirmation virile, ou même viriliste –, on peut se retrouver transformée en une sorte d'écran blanc de projection (...) sur lequel tous les différents acteurs de cette

chaîne-là vont projeter quelque chose, leurs propres attentes, leurs perceptions. (...) Il n'est pas question de dire "il y avait des bons, il y avait des méchants". On sait très bien que les processus de sexisme, de racisme s'entendent et s'articulent très bien avec des relations d'amitié, de coopération, de coproduction. »

Mon amie O. me confiait avoir été présentée à deux cents libraires pendant une réunion de pré-rentrée littéraire comme « une romancière... qui a aussi de très beaux yeux » (rires de la salle). Curieusement, personne ne dit ça de Patrick Deville – ses cheveux blancs rehaussent pourtant admirablement le bleu de porcelaine délavée de ses iris. Je passe rapidement sur les longues heures de signature pendant lesquelles les autrices reçoivent plus de commentaires sur la photo en quatrième de couverture ou sur le bandeau que sur ce qu'elles ont écrit. Bien sûr qu'on tend la perche en acceptant qu'il y ait des photos de nous partout, mais celles des hommes figurent aussi sur leurs ouvrages et on les commente beaucoup moins. De plus, je soupçonne qu'eux, on ne leur demande pas de s'allonger par terre ou sur un banc du Luxembourg (« comme si vous étiez à la plage ») quand ils posent pour leurs photos de promo – est-ce qu'on leur demande, d'ailleurs, des « poses plus masculines » comme on me demande des poses plus féminines, en partant du principe que le photographe et moi, on a la même définition de la féminité, le même cliché éculé[19] ? J'essaie de résister mais parfois, c'est plus fatigant de dire non que d'accepter, en espérant que ce sera vite fini. Je résiste « un peu », je fais la gueule, je traîne des pieds[20]... Il y a trois ans, un journaliste m'a demandé pourquoi je faisais exprès de ne pas être jolie sur mes photos. Je ne le fais pas exprès mais il se trouve que ça m'attriste, m'ennuie et m'énerve d'avoir à l'être : je ne vois pas de lien entre mon visage et mon roman – et pourtant, c'est une bataille que je me livre à moi-même pour ne pas me maquiller, ne pas sourire pour une séance photo. J'ai trop entendu qu'une femme devait être jolie et devait sourire pour que ça me vienne facilement de ne pas le faire (la question du journaliste, d'ailleurs, m'a d'abord vexée). Et puis, comme l'a déclaré Marie Darrieussecq en interview, on a « intérêt à être jolies ». C'est vrai, ça aide à faire parler du livre, donc à le vendre, donc à être plus puissantes (riches) et à ne plus être obligées d'être jolies pour vendre

19. Est-ce qu'elle tient dans un jupon à froufrous ? se demandait Beauvoir au début du *Deuxième Sexe*, et soixante ans après je me pose encore la même question.

20. Là, par exemple, il y a une photo de moi sur le bandeau*. J'espère que vous l'avez enlevé et que vous l'utilisez comme marque-page ou l'avez jeté parce que je ne voulais pas de photo de moi sur ce livre. On m'a répondu que c'était la charte graphique choisie pour tous les ouvrages de la rentrée. « Je vais faire une note de bas de page », ai-je annoncé d'un ton grave, et tout ce que ma menace a pu me faire obtenir, c'est que la taille de la photo soit réduite.

* Cette note renvoie à l'édition Flammarion (2022).

plus de livres[21]. Mais chaque fois que j'ai joué le jeu, je savais que je contribuais, d'un autre côté, au fait que je ne serais pas, ou moins, prise au sérieux. J'avance avec mon corps de femme au milieu du chemin, il me fait barrage à moi-même ou, pour le dire moins poliment, avec les mots de Despentes : « J'ai une chatte en travers de la gueule. » Les prix littéraires (pardon pour l'image à venir) parviennent parfois à lui imposer une sorte de suture. Il me semble qu'on la voit moins. Ou peut-être que c'est l'âge ?

Ce ne sont pas que les directeurs, les PDG, les éditeurs ou les photographes qui cantonnent les autrices à cette zone de séduction, qui nous maintiennent dans « le marché à la bonne meuf » comme dirait encore Despentes, qui nous exhortent à gagner de la valeur dans ce marché-là. Ce sont aussi des femmes qui, occupant les mêmes postes, reproduisent les mêmes schémas d'assignation. Et puis ce sont également nos collègues masculins (pas tous, évidemment, mais je me vois mal distribuer des médailles à ceux qui nous traitent comme leurs consœurs). Dans les salons du livre et les festivals, j'ai souvent vu des écrivains avinés tourner autour des jeunes autrices, assistantes éditrices ou attachées de presse, quand

---

21. Dans les circonstances actuelles du monde de l'édition, il faut vendre en moyenne 10 000 livres par an pour atteindre... le seuil de pauvreté. Certes, il n'y a jamais autant eu d'auteurs et autrices, il n'a jamais été aussi facile de publier et je comprends que ça puisse être grisant, mais il est quasiment impossible de vivre des droits générés par les publications.

ils ne leur tombaient pas directement dessus – le ballet triste de celles qui essaient de partir sans vexer, parce qu'elles ne peuvent pas se le permettre, et de ceux qui insistent de plus en plus lourdement, parce qu'ils peuvent se le permettre. C'est comme partout. J'ai aussi vu des auteurs débattre, hilares et exhibant des photos à la ronde, de qui faisait les meilleures fellations du monde littéraire – « Mais ça va, Alice, on s'amuse et puis, tu sais, on est franchement admiratifs. » J'ai eu seize ans, et puis vingt-trois et puis vingt-cinq, vingt-sept, trente (on grandit par à-coups, à chaque publication). J'ai assisté à un certain nombre de soirées. J'ai vu des bandes d'auteurs se comporter comme les mecs à mobylette de mon village quand j'avais treize ans – mais les mecs à mobylette de mon village n'allaient pas ensuite parler sur France Culture de leur amour des femmes. « On va à tel ou tel bar après et il faut des meufs », disait parfois un écrivain pour nous faire venir par petites grappes. Il m'est arrivé de dire oui, juste parce que je voulais en être, je voulais être de ce monde-là et je ne savais pas comment faire, alors peut-être en allant boire, et en espérant qu'on parlerait de littérature jusqu'à l'aube. Curieusement, j'ai plus de souvenirs de gestes et de mots déplacés remontant à mes seize et dix-sept ans que pour toutes les années qui ont suivi. Il y a eu cette soirée à Caen, au printemps 2004, j'étais avec ma meilleure amie au Salon du livre. On s'est retrouvées dans un appartement avec quelques auteurs qui avaient une vingtaine d'années de plus que nous. Il y avait beaucoup d'alcool, il y avait beaucoup de frôlements, nous ne maîtrisions ni l'un ni les autres – « Tout va bien, c'est un beau moment, on a envie de se toucher… » On ne voulait pas rester mais on n'osait pas dire frontalement qu'on se sentait mal et qu'on voulait partir – et s'ils nous répondaient qu'on hallucinait, qu'on fantasmait ce qui se passait ? S'ils allaient raconter partout que j'étais une mythomane ? Assez tard dans la nuit, on s'est enfermées dans la salle de bains et on est parties par la fenêtre, partagées entre la terreur et le fou rire… Un des auteurs présents ce soir-là m'a écrit il y a peu. Il disait qu'il ne se souvenait pas du tout de moi mais qu'une de ses amies prétendait que l'on s'était déjà rencontrés. Il me proposait de prendre un café. Je ne lui ai pas répondu. Je ne veux pas rencontrer un homme qui peut oublier qu'il m'a terrifiée – qui ne s'en est peut-être pas rendu compte.

On aura toujours l'air d'auteurs au rabais tant que l'on sera traitées de la sorte, comme si « autrice » était une sous-marque. Et puisque je parle de rabais, il est évident que ce cadre sexiste dans lequel les écrivaines évoluent conditionne également les négociations de leurs contrats, de leurs à-valoir. Je connais très peu d'autrices qui négocient aussi âprement que leurs alter ego masculins – c'est probablement cette foutue « gentillesse » ou alors c'est la peur de ne pas être légitime. L'écart moyen entre les revenus déclarés par les auteurs et les autrices est de 24 % (beaucoup plus élevé que la différence de salaire moyen qui, elle, avoisine les 17 %). Les femmes obtiennent également des montants plus faibles que les hommes quand elles sollicitent des aides à l'écriture. Elles sont moins invitées en salon et en festival… Je sais l'ampleur de mes privilèges en tant qu'écrivaine « à succès », ils ne m'empêchent nullement d'enrager en lisant les chiffres, je joue toujours dans cette équipe-là. Et la précarité rend les autrices plus susceptibles d'accepter tout le carnaval de la promotion que j'ai déjà détaillé. Tout se confond pour les fragiliser : la pression économique et les injonctions de beauté et de douceur faites aux femmes. Je ne connais pas une autrice qui puisse annuler certains événements de sa promotion parce qu'elle est ivre morte ou qu'elle a une gueule de bois et en sortir grandie, auréolée de sa folie d'artiste, décorée de la croix d'honneur bukowskienne. Despentes a suffisamment parlé de ce qu'on adorait chez Houellebecq et qu'on haïssait chez elle : exactement les mêmes choses.

La parade virile

Les hommes qui écrivent, eux, m'ont toujours donné l'impression de pouvoir tout faire, surtout le plus scandaleux, sans en être diminués. Mais récemment, j'en suis venue à me demander si ce que j'avais d'abord vu comme une liberté enviable n'était pas en réalité une limitation. En fait, les écrivains qui créent des histoires-de-héros-virils-qui-font-des-trucs se retrouvent pris dans les *valeurs* que distillent leurs histoires et les voilà qui se présentent eux-mêmes comme des héros-virils-qui-font-des-trucs : agir, bouger. Hemingway en est sans doute l'exemple le plus flagrant, entretenant sans cesse une confusion entre lui et ses personnages sans que l'on sache lequel est le modèle de l'autre. Comme le rappelle Julia Kerninon, dans sa thèse consacrée à *The Paris Review*[22] et l'essai qu'elle en a tiré – *Le chaos ne produit pas de chefs-d'œuvre* –, Ernest Hemingway

22. Je suis donc loin d'être la seule à avoir une fascination pour cette publication.

revient dans son entretien pour la revue sur une légende le concernant, à savoir qu'il commencerait ses journées de travail en taillant une vingtaine de crayons. « Je ne crois pas avoir jamais possédé vingt crayons en même temps, dit-il. User sept crayons n° 2, c'est déjà une bonne journée de travail. » Mais, corrigeant la légende, il en crée une autre. D'abord celle de sa pauvreté : posséder vingt crayons serait une richesse hors de sa portée, ce qui est très peu probable car Hemingway vivait en réalité d'une rente extrêmement confortable qu'il ne mentionnait jamais (mais que Beauvoir lit partout dans sa littérature), quand il ne profitait pas de la fortune de sa seconde épouse, Pauline Pfeiffer. Ensuite, celle de l'écriture comme un acte de force car, certes, les crayons quotidiens ne sont pas vingt mais ils sont tout de même sept (comme les mouches du *Petit Tailleur*) et ils sont usés jusqu'au trognon/mégot/moignon par un écrivain qui fait de l'écriture un acte de force – rappelons aussi qu'Ernest écrivait debout et qu'il n'hésitait pas à le faire savoir. Hemingway n'est pas le seul auteur étudié par Julia Kerninon à mettre en scène le déploiement d'une force physique qui ne paraît pas strictement nécessaire à son métier (je m'estime bien placée pour savoir que l'écriture peut très bien se pratiquer vautrée dans un fauteuil et qu'on peut tout à fait tenir une journée entière sans user un seul crayon). Irwin Shaw, par exemple, propose une partie de tennis à ses interviewers et menace, à un moment de l'entretien, de les mettre à la porte[23]. Dans un autre genre, Faulkner s'attache à dresser un portrait de l'artiste en gangster tout au long de son entretien : « Si un écrivain doit dépouiller sa propre mère, il n'hésitera pas ; L'*Ode sur une urne grecque* vaut bien toutes les vieilles femmes du monde. » Je trouve assez étonnant que dans cette « parade virile » (l'expression est de Kerninon) déployée par Faulkner, le premier exemple d'artiste voyou et voleur (sacré vaurien) qui lui vienne soit celui du poète John Keats, auteur de la fameuse urne grecque. Keats le fragile, le mélancolique, le « pleurnicheur » selon ses ennemis, Keats à la peau blanche et aux ondulations de chevelure romantiques, Keats qui écrivait à Fanny Brawne : « Le dernier de vos sourires est toujours le plus étincelant, le dernier de vos baisers le plus doux », avant de mourir à vingt-cinq ans de la tuberculose, ne me paraît pas être l'auteur que j'engagerais en premier pour rouler des mécaniques dans mon *boys club*. Je me tournerais plutôt vers Jack London qui n'a de cesse, dans *John Barleycorn*[24],

23. Or, les entretiens de *The Paris Review* sont relus (et corrigés) par les auteurs eux-mêmes, donc lorsque des paroles bravaches ou des rodomontades y trouvent leur place, ce n'est pas dû au « charme du direct » – c'est une mise en scène délibérément acceptée, voire créée par l'écrivain.

24. Aussi paru en France sous le titre *Le Cabaret de la dernière chance*, ce texte est un récit de la lutte de London contre l'alcoolisme et il est – avouons-le – affreusement répétitif. Malgré tout mon amour pour London, je ne l'aurais jamais lu en entier si Deleuze ne l'avait pas cité dans *L'Abécédaire*, de sa belle voix raclante qui me donne l'impression que je pourrais comprendre n'importe quoi.

de rappeler la robustesse de sa constitution – peut-être que Faulkner ne l'aimait pas, je le vois mal relire *Martin Eden* chaque été comme je l'ai fait pendant mon adolescence.

Dans ce portrait de l'artiste « prêt à dépouiller sa propre mère », libéré des conventions sociales qui échoient au reste des mortels, se retrouve cette image du monstre qui accompagne certaines figures d'artistes, généralement masculines[25], et qui paraît être un horizon formidablement désirable mais quasiment inatteignable pour plusieurs autrices que j'ai lues ces dernières années. Dans *I Love Dick*, Chris[26] parle avec un ami critique d'art de l'œuvre mal comprise et méprisée de Hannah Wilke. Surgissent alors ces phrases, en conclusion du chapitre : « Il faut que nous arrêtions de nous perdre dans de fausses questions. Et j'ai dit à Warren : mon but est de devenir un monstre femme. » Dans *Bureau des spéculations* de Jenny Offill, un roman fragmenté et magnifique, la narratrice, elle aussi écrivaine, déclare : « J'avais le projet de ne jamais me marier. À la place, je deviendrais une artiste monstre. Les femmes ne

---

Cherchant à retrouver la citation en question, je me suis aventurée suffisamment loin dans le texte pour que le finir ne demande plus de réel effort.

25. Théophile Gautier avait qualifié Gustave Doré de « monstre de génie », par exemple. Mais je trouve aussi l'expression « artiste monstre » dans divers titres de presse récents pour qualifier Picasso, Buren ou Gauguin. Johnny Halliday, aussi – mais seulement sur des blogs.

26. Toujours le personnage, donc, si vous vous rappelez la note 14.

deviennent presque jamais des artistes monstres parce que ces monstres ne se préoccupent que d'art, jamais des choses triviales. Nabokov ne repliait même pas son propre parapluie. Vera léchait ses timbres pour lui. » Évidemment, son projet tombe à l'eau et surgissent alors toutes les difficultés inhérentes à l'écriture au cœur d'une vie de famille. Pour ma part, lorsque j'ai décidé de ne pas avoir d'enfant, j'ai suivi mon désir premier (ou mon absence de désir d'enfant) mais j'ai aussi décidé de ne pas répondre à la question que je me posais régulièrement depuis des années : « Est-ce que j'arriverais encore à écrire, à dégager du temps pour l'écriture, si j'ai un enfant ? » J'ai tendance à penser que la réponse aurait été non (« Mais voilà, je ne peux pas écrire en tenant mon bébé dans les bras », Maggie Nelson), que je n'aurais jamais trouvé en moi la certitude qu'il était plus important que j'écrive que de m'occuper d'un enfant et qu'il m'aurait été impossible de fermer la porte de mon bureau ou de ma chambre en sachant qu'il y avait de l'autre côté un être que j'avais mis au monde sans lui demander son avis. Mais je ne le saurai jamais et je suis très heureuse de ne pas avoir à le découvrir.

Lorsqu'il déclare qu'un poème vaut toutes les vieilles femmes du monde, Faulkner a à cœur de montrer que seul l'art le préoccupe, pas sa pauvre maman ni, j'imagine, sa fille Jill. Mais ce qui se dessine dans les cas d'écrivains qu'étudie Julia Kerninon, c'est moins la description d'une relation pure entre l'homme et son art que « l'insistance des romanciers américains à brandir leur virilité ». Pour expliquer le lien que celle-ci entretiendrait avec l'art, Julia Kerninon se tourne vers l'un d'entre eux : l'écrivain contemporain Paul Theroux qu'elle cite longuement (et je vais faire pareil). Dans le recueil *Sunrise with Seamonsters,* celui-ci écrit :

> « C'est parce que l'écrivain américain typique a tenté de façon désespérée de prouver sa virilité que nous en sommes arrivés à penser que les qualités littéraires et viriles sont liées. Mais au départ, il y avait cette peur que l'écriture ne soit pas une profession digne d'un homme – et en réalité pas une profession du tout. (...) Tout ce qui relève de la masculinité stéréotypée va à l'encontre de la vie de l'esprit. (...) Tout ce ramassis de corridas, de bras de fer et de chasse à l'éléphant amoindrit Hemingway en tant qu'écrivain mais s'explique par l'attitude dominante dans le paysage littéraire américain : on ne peut pas être un homme de lettres sans prouver en premier lieu qu'on est un homme. (...) Il est normal en Amérique qu'un homme méprise l'écriture ou même qu'il s'excuse vaguement d'écrire. (...) Écrire de la fiction est vu comme l'écueil des faibles et ne peut être considéré comme viril que lorsque ça rapporte de l'argent – l'argent, c'est la virilité. Tout comme l'alcool. Être alcoolique est une autre manière, possiblement hors de propos, d'affirmer sa virilité. L'écrivain

américain est traditionnellement fier de sa consommation d'alcool. En Amérique, un homme prouve qu'il est un homme "à l'ancienne". Il tue des lions, comme Hemingway, ou il chasse le canard, comme Nathanael West (...). »

L'écrivaine américaine Claire Vaye Watkins met en scène cette confusion entre la littérature et l'épreuve de force d'une manière que je trouve très drôle, dans son article « On pandering »[27]. Elle y raconte qu'un an après la naissance de son enfant, elle s'est plainte à une amie que rien d'intéressant ne lui arrivait plus et que la première réflexion qui lui est montée aux lèvres a été : « Il faudrait que j'aille chasser l'éléphant. » La phrase peut paraître absurde, mais elle est totalement sensée dans un paysage littéraire où la valeur artistique et la réalisation d'exploits sportifs sont sans cesse associées, jusqu'à la confusion. « Quand on a appris que le romancier John Irving était un lutteur, continue Paul Theroux, les gens ont commencé à le regarder comme un vrai écrivain. Et même une gloire

27. J'hésite sur la manière de traduire ce titre... *To pander* peut signifier se plier au désir des autres, nourrir ou flatter les bas instincts. Dans l'article de Claire Vaye Watkins, le terme désigne le fait d'avoir écrit un livre (son roman *Battleborn*) pour les dominants du champ littéraire, masculins et blancs. « Regardez, ai-je dit, avec mes histoires, je peux écrire des hommes vieux, je peux écrire le sexe, je peux écrire l'avortement. Je peux écrire avec dureté, sans ciller, sans faire dans l'émotion. Je peux écrire sur un vieux type qui se met à bander ! »

éphémère comme celle d'Erich – *Love Story* – Segal s'est nourrie du fait qu'il courait le marathon à une vitesse honorable. »

La parade virile que dépeint Julia Kerninon n'a pas été abandonnée au tournant du XXe siècle et n'est pas, non plus, l'apanage des auteurs américains. En 2006, *The Paris Review* (encore et toujours) consacre son grand entretien à Emmanuel Carrère qui mentionne presque d'entrée de jeu son service militaire en Indonésie, avant de cocher les cases « tour du monde », « voyage dangereux dans un pays en situation chaotique », « alcool », « camaraderie masculine » et « pratique assidue des arts martiaux » dès qu'il a trouvé sa vitesse de croisière[28]. Je trouve par ailleurs intéressant de noter qu'Emmanuel Carrère enchaîne dans les dix premières lignes de l'interview les expressions « immense radicalité littéraire », « morceau de bravoure » et « virtuosité ». Certes, le romancier français les emploie avec humour mais le champ sémantique de l'exploit est posé : écrire, c'est tenter d'en accomplir un, c'est se placer du côté du tour de force (Hemingway n'est pas si loin). Quand on l'interroge sur le succès de son roman *La Moustache*, Carrère répond : « Je l'ai écrit très vite – en trois semaines, corrections

28. Bien sûr, les arts martiaux sont mentionnés car le travail de l'écrivain y trouve sa juste comparaison, à la fois dans sa pratique (l'écriture est un sport de combat) et dans son résultat (Carrère valorisant une certaine « énergie » dépouillée qu'il appelle dans *Limonov* un style « sans chichis littéraires »).

comprises. » Quand on lui demande s'il a fait beaucoup de recherches pour sa biographie sur Philip K. Dick, il répond que non et déclare avoir « jeté aux ordures » la seule biographie sur laquelle il s'est appuyé « pour ne pas être tenté d'y revenir ».

Et si, comme moi, vous vous demandez si Michel Houellebecq, dont la misogynie n'est un secret pour personne, déploie la même parade virile lors de son entretien avec *The Paris Review*, sachez que la réponse est… non. Pas du tout. Certes, il tient des propos réducteurs et bêtes sur les femmes qui sont faites biologiquement pour aimer leurs enfants (et d'autres, guère surprenants non plus, sur l'islam), mais il ne fait pas de l'écriture un tour de force ni de l'écrivain « un homme, un vrai, etc. ». Quand on lui demande de quoi il a besoin pour écrire, il répond : « Flaubert a déclaré qu'il fallait être en érection permanente. Je ne trouve pas ça nécessaire. » Un peu plus loin, il cherche à se définir et, après s'être demandé s'il était dépressif, il lâche : « Pas très actif. » Ses maîtres mots sont plutôt à chercher du côté de l'ennui, de la tristesse et de l'échec – ce qui peut, bien sûr, relever aussi de la posture, mais pas la même[29]. Il est aussi beaucoup question d'amour et de larmes. Pour être tout à fait honnête, je trouve Houellebecq touchant, dans cet entretien

29. Dans *Le Grand Écrivain, cette névrose nationale*, Johan Faerber avance, par exemple, l'idée que Houellebecq « joue la mort de la France et surjoue la mort du Grand Écrivain français ».

de 2010, malgré ses sorties rances, et je me dis qu'il y a sans doute là quelque chose qui explique son succès des vingt premières années. On arrive à lui pardonner beaucoup. Parce qu'il est triste et laid et qu'il ne parvient pas à se remettre d'être sorti de l'enfance.

Mais ce n'est pas tout à fait le sujet et je ne voudrais pas laisser Emmanuel Carrère tout seul sur le *catwalk* de la parade virile française. Parce que ce n'est pas lui le problème, ni Hemingway, ni Faulkner, aucun d'eux pris isolément. C'est cette image des Vrais Mecs de la Littérature, des Vrais Mecs de la Vraie Littérature qui se perpétue et qui me revient sans cesse, à laquelle j'ai parfois l'impression qu'il faut que je me mesure si je veux être prise au sérieux. Je vais donc vous livrer cette réponse étonnante de Sylvain Tesson à la question du *JDD* « Pourquoi n'êtes-vous pas sur les réseaux sociaux ? » (article du 22 juin 2019) : « Au contraire, je suis de tous les réseaux : les bivouacs dans la montagne, les conversations dans la fumée du tabac, le groupe des Écrivains de marine. Jusqu'en 2014, je buvais beaucoup, j'avais en moi des présences – fantômes, visions, voix –, connexion totale ! » L'auteur nous livre ici un combo gagnant (sport, franche camaraderie, aventures, alcool et tabac) au moment où on lui demandait son opinion sur Facebook et Twitter, c'est assez remarquable pour être noté.

Dans le premier chapitre de *Chez soi*, de Mona Chollet, je retrouve cette distinction entre l'écrivain capable d'un tour de force et celui qui écrit planqué – à la seule différence que l'autrice aborde le milieu des journalistes et la fascination qu'y exerce la figure de l'aventurier. En gros, résume Mona Chollet : « Sortir, c'est bien ; rester assis sur sa chaise, c'est mal. » Bien que ses interlocuteurs lui jurent que non (en mentant mal, parfois), la sédentarité est vue comme une faiblesse. Je peine à me défaire de ces figures tutélaires baroudeuses qu'ont été pour moi les Vrais Mecs de la Littérature. Hemingway et London (ou plutôt : un certain récit de la vie de Hemingway et de London – celui qui excluait la misogynie) ont contribué à ce que je veuille devenir écrivaine, ils m'ont fait follement rêver et, comme Victor Hugo déclarant « je serai Chateaubriand ou rien », j'ai voulu écrire en fonction de mes illustres prédécesseurs, lesquels, plus souvent qu'à leur tour, étaient des hommes (des Vrais), des buveurs et des voyageurs. Mais j'écris chez moi, assise à mon bureau – incapable d'ingérer une gorgée d'alcool quand je travaille parce que sinon les lignes se brouillent. Il n'y a rien là de remarquable. Mes « trucs » ne sont pas très spectaculaires – je ne me « bats » pas avec les textes, j'y entre tranquillement et j'y fais le ménage. Quand je n'y parviens pas, il m'arrive de pleurer, mais jamais de casser un crayon ni mon ordinateur. Je n'ai jamais jeté aux ordures les livres qui ont servi à mes recherches, pas plus que ceux qui ont nourri mes envies d'écriture, et je suis reconnaissante envers leurs auteurs ou autrices – je tiens que tous mes livres (tous les livres peut-être ?) sont des livres de dettes[30] et que celui ou celle qui veut ne rien devoir à personne devrait trouver une autre pratique que l'écriture, laquelle est un palimpseste permanent.

Voilà presque vingt ans que j'écris, je sais ce dont j'ai besoin pour le faire, ou plutôt ce qui « me va », tout simplement – parce qu'il ne s'agit même pas de nécessité : poussée par les circonstances, je peux écrire un peu partout – je devrais pouvoir l'accepter sereinement et vivre mon écriture assise, *uneventful*, dirait merveilleusement la langue anglaise, sans que l'image des Vrais Mecs de la Littérature ne vienne m'agacer comme un taon, sans que je ressente une pointe de gêne chaque fois qu'on me demande, lors des rencontres en librairie, ce dont j'ai besoin pour créer. Pourtant, je me sens encore loin de Toni Morrison qui affirme sans détour : « Je n'ai aucune envie d'aller où que ce soit. Si je pouvais simplement rester assise à un endroit, je serais contente. Je ne

---

30. Souvent, j'insère dans mes livres une phrase qui n'est absolument pas de moi, une phrase dont je sais que je n'aurais pas pu l'écrire si je ne l'avais pas lue auparavant et, d'une certaine manière, elle m'aide à me rappeler que les autres ne sont pas non plus des créations ex nihilo. Un jour, une lectrice a retenu une de ces phrases pour me donner un exemple de ce qu'elle adorait dans mon écriture. J'ai peur d'avoir perdu toute sa confiance en lui répondant que c'était de Faulkner (encore lui). Mais je vois une forme d'honnêteté dans ma malhonnêteté : je cherche à me rappeler que je vole les autres auteurs, au lieu de vouloir l'oublier pour vivre en paix avec ma conscience.

fais pas confiance à ceux qui disent que je dois aller faire ceci ou cela avant de pouvoir écrire. »

Par contre, je fume. À un âge et à une époque où tout le monde arrête autour de moi, je m'obstine à rouler mes clopes. C'est la seule chose qui me relie encore – vaguement – aux Grands Mecs. D'ailleurs, je pense que c'est en partie la faute de Martin Amis qui, dans son entretien pour *The Paris Review* (je ne m'en sors pas), déclare : « Je pense que quelqu'un m'a dit à un moment que j'écrivais mieux quand je fumais. Je suis sûr que si j'arrêtais de fumer, je me mettrais à écrire des phrases du style "il faisait un froid mordant" ou "il faisait une chaleur cuisante". » Au contraire d'Amis, je ne sais pas si j'écrirais moins bien sans cigarette. Mais je sais que j'ai commencé à vraiment (au sens de beaucoup) écrire au moment où j'ai commencé à fumer, et les relectures de mes textes ont toujours été faites en fumant[31]. Quand j'ai dû écrire dans des endroits non-fumeur, j'ai senti mes doigts s'agiter à la recherche d'une clope imaginaire, et comme ils ne la trouvaient pas, j'avais tendance à bouger des virgules pour rien, juste pour les occuper. Donc je fume encore. Comme disait Faulkner : « D'après mon expérience, je n'ai pas besoin d'autres outils pour pratiquer que du papier, du tabac, de la nourriture » (et je coupe la fin de la citation où il ajoute « un petit peu de whiskey » puisque j'ai déjà dit que ce n'était pas mon cas).

31. Là, par exemple, je fume.

Sortir du roman « as usual »

Mais écrire quoi, alors, en fumant ou non, en buvant ou pas, si ce n'est une forme de roman, pratiquée par les autrices comme les auteurs, et qui me laisse aujourd'hui frustrée plus souvent qu'elle m'enchante ? Dans *Rouvrir le roman*, Sophie Divry la qualifie de « roman *as usual* », avec une désinvolture qui me plaît beaucoup et que je m'en vais imiter. Le roman *as usual*, écrit-elle, c'est celui « qui se répète avec succès, demande un sujet à la mode, une intrigue vraisemblable et haute en couleur, des personnages bien campés auxquels on peut s'identifier, un style d'une lisibilité digeste, quelque chose de clair, d'immédiatement compréhensible et reconnaissable ». Le roman *as usual,* malgré ses répétitions ou peut-être grâce à elles (et à cette impression, sinon de familiarité, du moins de n'être pas perdue), c'est ce qui marche, au double sens du terme : ça file droit et ça s'assure un lectorat solide. « Et on entendra les critiques dire que "c'est un joli roman parce qu'il y a une intrigue, que cette histoire est diablement romanesque et que les personnages existent" ou que "le grand art, c'est cela : nous faire croire sur toute sa longueur aux péripéties d'une rencontre improbable". » Selon Sophie Divry, cette forme finit par tenir de la prison : on n'ose plus en sortir pour s'aventurer dans une description un peu trop longue ou rencontrer des personnages qu'on délaisse aussitôt. Quand j'écris, il m'arrive d'hésiter à pratiquer une bifurcation, un saut, un abandon et je suis toujours surprise de constater que la question qui se présente alors à moi, c'est : *Est-ce que j'ai le droit ?* Certes, j'ai toujours été une enfant sage, une adulte respectueuse (de la plupart) des lois[32], mais qui est l'autorité qui se présente ici et qui joue, parfois, contre moi ? La forme elle-même ? L'horizon d'attente d'un lectorat imaginé ?

Malgré les vingt-cinq années que j'ai passées à lire avec ferveur, à m'assurer des journées entières où je pourrais ne faire que lire, malgré la curiosité que j'ai essayé de déployer dans mes choix de lectrice, j'ai développé des goûts qui ont été façonnés par une production narrative majoritaire. Ça ne veut pas dire que je rejette les œuvres qui ne jouent pas le jeu mais ça signifie que ma réception est compliquée par les écarts avec le modèle dominant. Des formes peuvent

32. Je me reconnais dans le passage de *Comme un ciel en nous* où Jakuta Alikavazovic raconte qu'elle n'a pas pu tout à fait croire à la rumeur selon laquelle son père aurait été mêlé à un vol de tableau. « Cette raison-ci, écrit-elle, tient à ce que se sont imposées tant de familles immigrées : le fardeau de l'exemplarité. »

m'intéresser de façon purement intellectuelle (« je n'ai jamais vu ça, c'est tout à fait nouveau ») et, dans le même temps, m'inspirer un ennui profond. Disons-le honnêtement : ce qui m'anime dans certaines lectures « difficiles », c'est plus la représentation de moi-même en train de les lire que le texte lui-même. Ou alors je les lis pour y découvrir de nouveaux outils, je les lis directement en écrivaine et pas en lectrice. Pour Sophie Divry, la fréquentation de textes différents, d'autres formes (et notamment de la poésie) peut apprendre aux romanciers et aux romancières ce qu'il est possible de faire. Je peux, pour reprendre les termes de ma question étrange, en tirer d'autres droits, une expérience qui reviendra irriguer l'écriture pour l'arracher à ses (mauvaises) habitudes. Mais ces textes différents, il arrive aussi que je ne sache littéralement pas *comment* les lire : quand il n'y a pas de personnage ni d'intrigue canonique, est-ce que ça se lit encore d'une traite ? Ou est-ce que ça se morcelle comme un recueil de poésie, en gardant le livre à portée de main pour y prélever des bouchées ? La première fois que j'ai ouvert *Les Guérillères*, de Monique Wittig, je me suis trouvée fort dépourvue devant ce « elles » qui constitue un personnage collectif féminin, sujet de toutes les actions. Je n'avais jamais vu ça, c'était tout à fait nouveau et je trouvais certains passages d'une beauté rare. Mais j'étais perplexe. Et honteuse de rester perplexe. Devant certains ouvrages, j'aurais presque envie de secouer le livre pour voir s'il n'en tombe pas un mode d'emploi… Si je parle de honte, c'est que je sais que cette incompréhension qui est la mienne a participé à l'effacement d'œuvres plus discrètes, plus floues ou plus « difficiles » que d'autres, au profit de celles qui se laissaient digérer sans effort, qui venaient déjà auréolées de leur statut de chef-d'œuvre ou qui s'accompagnaient d'un discours claironné sur la manière dont elles devaient être lues. Comme l'écrit Geneviève Brisac dans *La Marche du cavalier* : « Cette incompréhension, d'une nature nouvelle, donne systématiquement la priorité aux usines à gaz des faiseurs de théorie, aux marchands de tapis modernes, aux propagandistes d'eux-mêmes sur le dos du monde et de l'histoire de la littérature. À l'ère de l'autopropagande généralisée qui est la nôtre, les écrivains qui ne proposent pas leur propre mode d'emploi, nouveau Rimbaud, nouveau Sade, ou nouveau Kafka, sont des écrivains perdus. Et à ce jeu, les femmes n'ont pas, comme on dit aux cartes, une très bonne main. »

La seule technique que j'ai trouvée pour ne pas accorder qu'une attention distraite et misomuse[33] à certains textes, c'est de les lire à voix haute – comme si je rattrapais, en me lançant par la voix dans le livre, l'action qui y fait *défaut* (alors que je voulais justement qu'elle manque). C'est sans doute pour ça que je suis plus prête

33. « Ne pas avoir de sens pour l'art, ce n'est pas grave. On peut ne pas lire Proust, ne pas écouter Schubert, et vivre en paix. Mais le misomuse ne vit pas en paix. Il se sent humilié par l'existence d'une chose qui le dépasse et il la hait », Milan Kundera, *L'Art du roman*.

à accueillir des textes explosés et atomisés au théâtre que dans les romans. Je me sens accompagnée par les corps, les voix, la diction. Je ne suis ni seule ni perdue… En revanche, il peut arriver que je me sente piégée : contrairement à la lecture, je suis venue m'asseoir au milieu d'autres, plus ou moins loin de chez moi, je ne peux pas simplement reposer une œuvre sur ma table – l'abandonner suppose de montrer que je l'abandonne, de me lever, de gêner mes voisins et voisines, de reprendre la voiture ou le métro…

Quand j'écris, j'ai à la fois envie de sortir des formes prédéfinies de récit et de ne pas dépasser certaines limites car jamais je ne souhaite que la lecture du roman devienne un pensum. Mais où sont les limites ? Elles n'ont pas été posées *une fois pour toutes*, et plus je lis ou écoute des entretiens d'écrivains expérimentant avec les formes, plus je les vois lancés dans leurs recherches, souvent tâtonnantes. C'est, par exemple, David Foster Wallace, perfusant son texte de notes de bas de page dans *L'Infinie Comédie*[34] et déclarant par la suite, dans une interview avec Charlie Rose : « Il me semble que là, tout de suite, la réalité est fracturée, du moins la réalité dans laquelle je vis. La difficulté d'écrire sur cette réalité vient de la nature très linéaire, très unifiée du texte. Moi, je suis

34. Et donc, oui, bien sûr, c'est de lui (et de Roberto Bolaño) qu'est venue cette envie immodérée d'occuper cet espace-là, en marge, et de créer des radicelles formées de typographie minuscule.

constamment à la recherche de moyens de fracturer le texte qui ne laissent pas le lecteur totalement désorienté. Vous pouvez prendre les lignes et les mélanger et ce sera joliment fracturé mais personne ne lira ça, n'est-ce pas ? Il doit y avoir une interaction entre le niveau de difficulté que vous proposez au lecteur et à quel point vous rendez cela séduisant pour qu'il ait envie de le faire. » Ou encore, c'est Nathalie Sarraute, revenant sur sa pratique de nouvelle romancière : « Le lecteur, quoi qu'on en fasse, fabrique du sens à partir du langage. S'il en est empêché, il abandonne sa lecture. Le livre lui tombe des mains. » C'est une expression qui m'a toujours plu parce qu'elle me rappelle l'effort physique, même infime, contenu dans l'acte de lecture. Il faut, continûment, tenir le livre et, régulièrement, tourner ses pages. La réception n'est pas entièrement passive comme peut l'être le visionnage d'un film ou d'une série et pour provoquer ces actes minuscules (tenir, tourner), il faut que les lecteurs et les lectrices en aient envie, il n'y a pas de réel abandon dans la lecture, uniquement des avancées.

Qu'est-ce qui fait que *ça tient*, ou que *ça prend*, alors même que le livre sort des sentiers battus et risque, ce faisant, de partir dans tous les sens ? Dans son essai *Romanciers pluralistes*, Vincent Message s'intéresse aux œuvres de Robert Musil, Carlos Fuentes, Thomas Pynchon, Salman Rushdie et Édouard Glissant, à des romans qui mettent en jeu des points de vue antagonistes au sein de sociétés multiculturelles. En cherchant à déterminer ce qui constitue (à la fois dans la pensée politique et dans la forme littéraire) une poétique pluraliste, il revient à plusieurs reprises sur les tensions que cause l'hétérogénéité interne à ces ouvrages : les multiplicités de vies, de points de vue, de langues qu'ils développent constituent à la fois « une des ressources les plus fécondes de l'expression romanesque » et « une des principales difficultés du genre puisque le caractère centrifuge du pluralisme risque toujours de faire du roman une forme qui ne tient plus, qui se délite et dont les éléments sont si dispersés que l'univers fictionnel en devient infréquentable ». Or, les éléments qu'il est possible d'intégrer au roman sont toujours plus nombreux. La connaissance s'étend chaque jour, de plus en plus spécialisée et donc hétérogène puisque les différents champs ne paraissent plus communiquer mais s'organiser de façon séparée autour de leurs données, leur vocabulaire et leurs principes. Par ailleurs, les prescriptions imposées par une instance autoritaire (l'Académie ou les tribunaux de censure) ont perdu de leur force : la question de ce qui a *droit* moralement de figurer dans un roman n'est plus déterminante aujourd'hui en France[35]. Flaubert pourrait donner à Emma Bovary dix amants de plus sans

35. On pourrait dire qu'elle est remplacée par la question, à peine moins sévère, du « Qu'est-ce qui est de la littérature ? (non plus en termes de morale, mais d'esthétique) », suivie invariablement de « Qui a le droit de décréter ce qui est de la littérature ? », toujours suivie de « Qui a le droit de décréter qui a le droit de décréter ce qui est ou non de la littérature ? ».

qu'un juge intervienne pour le blâmer. Les femmes adultères, les femmes tout court, les gays et lesbiennes, les pauvres, les dialectes autochtones, l'inceste, tuer des nourrissons, manger des nourrissons[36], la consommation abusive de drogues – toutes choses longtemps proscrites – ont réussi à se faire une place (encore minoritaire) dans la narration. Cependant, comme l'écrit encore Vincent Message, « s'il est acquis que tout peut rentrer dans un roman, cela ne nous dit pas quelles conditions il faut réunir pour qu'un roman qui embrasse très largement le réel ressemble à quelque chose de plus intéressant qu'un fourre-tout ».

Il faut trouver une forme d'organisation entre les différents éléments (rendre la fracturation séduisante) et chaque fois que celle-ci diffère des liens habituels, qu'elle est plus lâche, plus complexe, qu'elle préfère les échos à la causalité, les états superposés à la chronologie, ou d'autres petits pas de côté, l'expérience de lecture s'en trouve modifiée : le lecteur ou la lectrice n'est pas mobilisé de la même manière. La théorie littéraire a d'ailleurs créé des termes pour rendre compte de ces expériences diverses : « Là où le *lectant* jette un regard critique sur les articulations de l'œuvre et cherche à en décrypter le sens global, le *lisant* est happé par l'illusion référentielle et tient, tant que dure sa lecture, le monde du texte pour un monde existant », écrit Vincent Message.

36. Ces exemples peuvent paraître étranges mais j'ai beaucoup lu Sarah Kane et Edward Bond.

Quand l'immersion fictionnelle est réduite par des formes nouvelles (et possiblement perturbantes), « le lecteur est invité à prêter attention à des codes d'organisations esthétiques, chargés (...) d'assurer la cohérence et l'efficacité du texte. Il doit se mettre en quête des récurrences stylistiques, prêter l'oreille à des thèmes qui s'ébauchent et à leurs variations, observer des paradigmes structurants – percevoir, en somme, l'ensemble des régularités qui font fonctionner l'œuvre comme un régime de signes ». Mais il ne s'agit pas d'une tâche aisée : « Les codes sont plus discrets. Leur repérage requiert un lecteur averti, ou une deuxième lecture. » Les auteurs en sont souvent conscients, comme le montre Vincent Message en citant Musil : « C'est très prétentieux : je demande qu'on me lise deux fois, en partie et en totalité. » Malheureusement, savoir comment on veut être lu n'offre aucune garantie. Foster Wallace aussi a écrit *L'Infinie Comédie* pour qu'elle soit lue deux fois, comme il l'expliquait dans ses lettres à sa maison d'édition, et son éditeur a fini par lui avouer qu'il pensait que la plupart des lecteurs ne finiraient tout simplement pas le livre...

Il a fallu que je lise deux fois *Le Bruit et la fureur* pour l'aimer. La première fois, je n'ai rien compris. J'aimais bien certaines phrases – je les notais avec la vague intention de les utiliser pour frimer ensuite (peut-être les peindre sur mon mur ?). Mais je me débattais. Pourquoi est-ce qu'il y avait deux Quentin ? Ou un Quentin qui changeait de sexe et qui était mort et vivant à la fois ? La deuxième fois, j'ai commencé par lire la préface – ce que j'avais jusque-là refusé de faire, par peur qu'elle gâche un plaisir de découverte mais aussi par orgueil – puis j'ai proclamé que c'était le meilleur livre que j'aie jamais lu de ma vie. Et aussi que, malgré mon orgueil, je devais accepter que j'avais besoin de passeurs pour accéder à certaines œuvres. Je suis toujours incapable de le résumer, évidemment, comme d'en parler de manière construite. *Le Bruit et la fureur* est irrémédiablement lié pour moi à l'expérience et à l'effort qu'a été cette double lecture. J'ai des souvenirs d'intense concentration, de joues rougies, de miettes tombées dans la rainure du livre, de trouble sexuel, de malaise et de frayeurs nocturnes. Je ne suis pas vraiment certaine d'avoir compris ce livre mais, si j'en crois Vincent Message, il n'y a pas là de désastre : « Et même si le lecteur est rompu à cet exercice, même s'il accepte la relecture, et pratique ce repérage de la façon la plus consciente et la plus assidue qui soit, il ne se retrouve pas pour autant en position de maîtrise du sens. On ne comprend pas tout dans ces romans, on y est forcément perdu. Ils échappent par leur masse et par la subtilité des mouvements qui les animent. Et l'une des choses qu'ils cherchent à nous faire sentir, c'est précisément que ce n'est pas grave. Pas grave que notre pouvoir de compréhension bute sur des limites. Pas grave de ne pas tout saisir, de se laisser porter, de lâcher prise. »

Quand j'ai découvert la volonté clairement exprimée de Musil comme de Foster Wallace, je me suis demandé si elle n'aurait pas dû figurer sur le livre, en quatrième de couverture ou sur la page de garde (À LIRE DEUX FOIS !), mais cette pensée m'a forcément menée à la question suivante : qui a le temps de lire deux fois un livre ? Je ne parle pas, ici, de le lire et de l'aimer tellement qu'on souhaite le relire ensuite. Je parle d'avoir besoin de le lire deux fois pour le saisir, et donc pour l'aimer. Je l'ai fait pour Faulkner parce que j'étais étudiante en littérature et que je considérais qu'il relevait de mon *devoir* d'avoir lu (voire d'aimer) *Le Bruit et la fureur*. Je le fais aujourd'hui parce que je suis écrivaine et que j'estime toujours qu'il est de mon devoir de me confronter à des formes qui me déroutent. Mais qui d'autre ?

Et est-ce que, quand j'écris, j'ai envie d'écrire pour les gens comme moi, le petit groupe de ceux et celles qui lisent deux fois ? Pour les *miens* ? Arrive alors cette peur bien connue (que d'autres ont retournée en fierté) : la peur d'être élitiste en allant un peu trop loin dans une direction ou dans une autre. Si je peux accepter que ce que j'écris requière un effort de « lectant », je refuse que mes livres *intimident*. Ou plutôt, parce que je sais que la longueur de certains suffit à le provoquer, je refuse de jouer de ce phénomène d'intimidation, de créer volontairement un tri dans mon lectorat. Je veux écrire des livres qui soient accessibles au plus grand nombre mais je veux *aussi* sortir des schèmes préétablis dont je connais pourtant le pouvoir de séduction comme la capacité à rassurer. Pour résumer, j'ai le cul entre deux chaises narratives.

L'effort pour sortir des formes usuelles du récit est double : certes, les auteurs et autrices peuvent proposer des choses nouvelles mais, de leur côté, les lecteurs et lectrices doivent aussi être prêts à accepter, à accueillir ces formes et le malaise qu'elles créent parfois. Il faut lire autrement pour lire d'autres œuvres. On ne peut pas leur appliquer le même horizon d'attente qu'au roman *as usual*. Un des modes de lecture dont il faudrait se défaire, c'est celui que Vincent Message décrit comme animé par une logique économique capitaliste : est-ce que ce chapitre, cet élément, cette page *sert* à quelque chose ? Si ce n'est pas le cas, alors je peux me sentir flouée (J'ai perdu mon temps) ou légèrement anxieuse (Mais qu'est-ce que je fous au milieu de ces phrases ?). J'imagine qu'a contrario, on répondra par l'affirmative (« Oh oui, c'est tout à fait utile ») si le passage questionné fait avancer l'action ou apporte une information éclairante. Reste que définir une progression ou ce qui est éclairant paraît difficile. Les œuvres que Vincent Message étudie nous poussent « à prodiguer du temps et de l'attention à toute histoire qui surgit, sans se préoccuper de savoir si son insertion dans le récit est rentable au regard de l'économie générale de l'œuvre ». Elles se dérobent à l'utilitarisme ambiant. Je retrouve dans ces propos la pensée de Barthes, telle que l'expose Laure Murat dans *Relire* : « Ce que Barthes appelle la "lecture éphémère" ou la “lecture sans retour”, désignant ces livres qu'on ne lit qu'une fois, qu'on traverse comme le train un paysage où l'on ne reviendra plus, serait liée à la naissance du capitalisme. Elle relèverait d'une “idéologie de la consommation”, d'une “phénoménologie de la dévoration” qui aurait été impensable sous l'Antiquité ou au Moyen Âge, époques de l'éternel retour au texte et de la glose. »

J'ai travaillé ces dernières années à la fois à l'écriture d'un scénario de film et à celui d'une série de dessin animé, domaines dans lesquels l'utilitarisme est clairement plus présent qu'en littérature – parce que, sans doute, les sommes qui sont en jeu sont autrement plus importantes et qu'elles doivent être versées pour que l'œuvre voie le jour. On m'a alors beaucoup parlé des « arcs narratifs » des personnages et quand on me demandait à quoi « servait » tel ou tel passage, le sous-entendu était toujours « par rapport à ces arcs ». Et moi je m'entêtais à penser que faire exister une expérience sensible, une trouée, un bout de monde qui ne soit pas le personnage avait de l'importance – ça me paraissait très éclairant –, mais les arcs, les arcs, les arcs… Alors que je me trouve moi-même relativement incohérente, voire en contradiction interne de façon récurrente, il faudrait pouvoir toujours tracer des directions précises à la vie des êtres fictifs. Sinon quoi ? Sinon, « les gens vont arrêter de suivre ». Comme l'écrit Sophie Divry, ce genre de phrases – lancées par un éditeur, un directeur de programme, un financeur – ressemble terriblement aux « les Français veulent » et « ce qui intéresse les Français » assénés par les hommes et femmes politiques en campagne : elles ne disent rien du désir des Français ou du lectorat et tout de l'autovalidation de son catalogue ou de son programme. Pour ma part, je suis avec d'autant plus d'attention les mouvements proposés qu'ils ne me mènent nulle part. J'aime les personnages sans arc visible, ballottés par les situations, comme ceux de Zeruya Shalev dans *Mari et femme* ou *Douleur*, qui commencent une phrase dans un état, se détestent de le ressentir, y réfléchissent, le lient à un souvenir, s'en dépêtrent péniblement, se félicitent d'y avoir échappé et y retombent, plus agités encore qu'au départ. Ou comme la jeune femme que décrit la nouvelle de Foster Wallace, *Le Sujet dépressif*, et qui cherche au téléphone le soutien des amies composant son « Échafaudage émotionnel » quand sa souffrance se fait trop forte, tout en sachant que le simple fait d'appeler les amies en question va la plonger dans un sentiment de honte et de culpabilité qui ne fera qu'ajouter à son mal-être :

> « Le sujet dépressif avouait que lorsque l'amie bienveillante, quelle qu'elle soit, à qui elle se confiait finissait par dire qu'elle (c.a.d. l'amie) était atrocement désolée mais que, rien à faire, elle devait absolument raccrocher, et qu'elle était parvenue, verbalement, à se débarrasser de l'étau dans lequel l'enserrait le sujet dépressif pour s'en retourner aux exigences de la vie

pleine et joyeuse qu'elle menait au loin, le sujet dépressif restait toujours assise là, à écouter le bourdonnement vide du combiné et à se sentir encore plus seule, plus inadaptée et plus privée d'empathie qu'avant son appel. »

Mon éditrice, Alix Penent, a eu un jour cette phrase qui m'a marquée : « Quand je lis, je veux toujours comprendre, jamais avoir compris. » Ni les personnages ni moi ne devons traverser un roman comme s'il s'agissait d'une validation de compétences.

Aimer, pleurer ou être un personnage

Dans ma recherche curieuse – volontairement curieuse, d'une curiosité têtue – d'autres formes que le roman *as usual*, je constate que je ne suis pas prête à abandonner un des éléments canoniques du roman dont on a pourtant annoncé tant de fois la mort ou la disparition au cours du XXe siècle : le personnage. Pendant mon master d'études théâtrales, j'ai beaucoup travaillé sur des textes dits « post-dramatiques », semblables à des paysages dévastés. Il n'y subsiste plus ni fable, ni lieu, ni temps identifiable, ce qui est travaillé ici ce sont *les surfaces de langage* (je crois que l'expression est d'Elfriede Jelinek) et ces surfaces elles-mêmes peuvent être sacrément mal en point, délitées, trouées, les mots comme des lambeaux, les phrases en haillons (comme dans *Pas moi*, de Beckett)... On m'enseignait, d'une certaine manière, que c'était ça, la téléologie de l'écriture – littérature ou théâtre : une déconstruction poussée toujours plus loin des « vieux bateaux crevés », des « notions périmées » comme le disait

Robbe-Grillet. Et moi, découvrant qu'il y avait un sens de l'histoire littéraire, une tension imposée par le progrès en marche[37], j'éprouvais une sorte de honte (on ne se refait pas) car, dans ces déserts de roches écrites, je ressentais un manque. Je voulais bien qu'on pulvérise toutes les notions sauf une. Je n'allais pas dans le bon sens, d'accord, je m'accrochais à de vieilles notions, sans doute, mais je ne pouvais pas nier le plaisir que j'éprouvais à trouver, sous la langue, des personnages.

Depuis que je connais le pays de la fiction, j'ai le même appétit pour ces rencontres étranges qui se prolongent pendant plusieurs jours ou plusieurs semaines et deviennent des fréquentations. Les personnages de mes lectures m'accompagnent si bien qu'il m'arrive d'avoir envie de donner de leurs nouvelles. Je me tiens dans ma petite cuisine avec une amie, le café passe dans un sifflement courroucé, et quand j'essaie de dresser un tableau de mon état, il me semble soudain que je doive lui parler d'Aliocha Karamazov[38], avec qui j'ai passé du temps ces derniers jours et qui, en ce moment précis, compte plus pour moi que les voisins entraperçus ou l'artisan qui doit venir entretenir

---

37. Il n'y a ni sens ni progrès. Mais je l'ai cru.

38. Lorsque j'ai lu *Les Frères Karamazov* la première fois, je me suis attachée au personnage d'Aliocha. La seconde, à Ivan. Je me demande s'il faut que je lise le roman une troisième fois pour comprendre ou apprécier Dimitri, le frère aîné. Mais qui a le temps de lire les livres TROIS FOIS ? (D'autant que je soupçonne Dimitri d'être quintessentiellement mal aimable.)

le poêle et m'a encore posé un lapin. L'amie est parfois un peu surprise et sa surprise, en retour, m'étonne. J'ai grandi avec deux sœurs qui lisaient, comme moi, goulûment et vite et nous nous volions les romans les unes aux autres, pour dévorer un chapitre ou deux avant que le méfait soit découvert. Nous avancions presque d'un même pas dans les pays de la fiction et les personnages étaient non seulement des sujets de discussion mais des amis communs[39]. Lorsque le livre volé revenait à sa propriétaire légitime (carte de bibliothèque faisant foi) et qu'elle le dissimulait si habilement que l'escamoter de nouveau n'était plus une option, il ne nous restait plus qu'à prendre des nouvelles, généralement au petit déjeuner, par des séries de question : comment va Aramis ? Est-ce que Montag s'est échappé ? Margaret a-t-elle eu ses règles ? Aujourd'hui encore, j'aime pouvoir lire un roman juste avant ou juste après des amis. Que l'un puisse demander à l'autre : « Tu en es où ? Et tel personnage, il/elle fait quoi ? » Récemment, j'ai tenu B. informé de la progression des hommes mystérieux qui s'invitaient chez Christine, Bergogne et Marion dans *Histoires de la nuit* de Mauvignier, lui riant de mon inquiétude car il connaissait déjà leur identité. Il m'a raconté comment progressaient

39. Ou de potentiels amoureux, ce qui était plus délicat : il fallait alors se les répartir car une sorte de code d'honneur nous interdisait d'être amoureuses du même personnage. Les mariages forcés n'étaient pas toujours heureux, notamment pour ma petite sœur à qui n'était concédé que le droit d'aimer des personnages mineurs.

les recherches sur Archimboldi dans *2666* de Roberto Bolaño, moi riant de savoir qu'elles ne mèneraient à rien et qu'il perdrait bientôt ses guides, remplacés par d'autres. J'ai attendu avec impatience que V. découvre la virée en voiture de Marie dans *Par les routes* de Sylvain Prudhomme et je lui envoyais régulièrement des textos pour savoir si elle l'avait atteinte. Dans ces moments de lectures partagées, les personnages deviennent des connaissances communes dont il n'est plus absurde de prendre ou de donner des nouvelles au moment du café. « Alors, il fait quoi[40] ? »

Ces dernières années, j'ai découvert une nouvelle manière qu'avaient les personnages de s'inviter chez moi. Parfois, après la lecture de mes livres, des amis ou des membres de ma famille s'approprient des expressions ou des gestes que j'ai inventés (suis *sûre* d'avoir inventés) mais prêtés à des personnages qui s'inspirent d'eux. Ils et elles reprennent une phrase comme s'ils l'avaient toujours dite, un surnom, un pan de biographie que j'avais pourtant bricolé à partir d'autre chose et, se pointant du doigt comme pour désigner la confusion du masque d'écriture et de leur visage, articulent en souriant leur prénom de fiction[41]. S., bien sûr, va encore

40. « Il est ivre » ou « Il vient de faire une grande tirade » est une réponse qui marche tout le temps avec les personnages de Dostoïevski et ne peut donc pas être considérée comme donnant des nouvelles.

41. Ma mère, après la lecture de *L'Art de perdre*, a eu cette phrase dont je la remercie infiniment, sans doute pensée pour m'ôter toute inquiétude : « Ce que j'aime de Clarisse,

plus loin et demande en se penchant par-dessus une table de bar : « Oui mais est-ce que, toi, tu as un personnage qui porte ton nom ? » « Pas moi », répond R. avec un sourire matois, « je ne suis pas un personnage parce que je suis *un peu partout*. »

La mort du personnage, pourtant, nous avait été annoncée avec tambours et trompettes (ou presque) par les Nouveaux Romanciers, dans les années 1960 : « Selon toute apparence, non seulement le romancier ne croit plus guère à ses personnages, mais le lecteur de son côté n'arrive plus à y croire. » Le ton mollement dédaigneux de Nathalie Sarraute montre assez l'évidence que paraît être cet abandon. Roland Barthes n'était pas non plus un grand partisan du personnage de roman, il le traitait de « morphème migratoire ». Je crois avoir lu le passage suivant de *Pour un nouveau roman*, d'Alain Robbe-Grillet, dès mes années de lycée, en cours de français, et sans doute vingt fois depuis, durant mes études :

> « Nous en a-t-on assez parlé du "personnage" ! Et ça ne semble, hélas, pas près de finir. Cinquante années de maladie, le constat de son décès enregistré à maintes reprises par les plus sérieux essayistes[42], rien

---

je me dis que ça vient de moi, et ce que je n'aime pas, je le laisse au personnage. »

42. Je ne sais pas à qui Robbe-Grillet pense ici. Je me demande si ce n'est pas du pipeau...

n'a encore réussi à le faire tomber du piédestal où l'avait placé le XIXe siècle. C'est une momie à présent, mais qui trône toujours avec la même majesté – quoique postiche – au milieu des valeurs que révère la critique traditionnelle. C'est même là qu'elle reconnaît le "vrai" romancier : "Il crée des personnages"...

Pour justifier le bien-fondé de ce point de vue, on utilise le raisonnement habituel : Balzac nous a laissé *Le Père Goriot*, Dostoïesvski a donné le jour aux *Karamazov*[43], écrire des romans ne peut plus donc être que cela : ajouter quelques figures modernes à la galerie de portraits que constitue notre histoire littéraire.

Un personnage, tout le monde sait ce que le mot signifie. Ce n'est pas un *il* quelconque, anonyme et translucide, simple sujet de l'action exprimée par le verbe. Un personnage doit avoir un nom propre, double si possible : nom de famille et prénom. Il doit avoir des parents, une hérédité. Il doit avoir une profession. S'il a des biens, cela n'en vaudra que mieux. Enfin il doit posséder un "caractère", un visage qui le reflète, un passé qui a modelé celui-ci et celui-là. Son caractère dicte ses actions, le fait réagir de façon déterminée à chaque événement. Son caractère permet au lecteur de le juger, de l'aimer, de le haïr. C'est grâce à

43. Je n'irais pas jusqu'à parler de raisonnement mais j'avais le même exemple.

ce caractère qu'il léguera un jour son nom à un type humain, qui attendait, dirait-on, la consécration de ce baptême.

Car il faut à la fois que le personnage soit unique et qu'il se hausse à la hauteur d'une catégorie. Il lui faut assez de particularité pour demeurer irremplaçable, et assez de généralité pour devenir universel. On pourra, pour varier un peu, se donner quelque impression de liberté, choisir un héros qui paraisse transgresser l'une de ces règles : un enfant trouvé, un oisif, un fou, un homme dont le caractère incertain ménage çà et là une petite surprise… On n'exagérera pas, cependant, dans cette voie : c'est celle de la perdition, celle qui conduit tout droit au roman moderne.

Aucune des grandes œuvres contemporaines ne correspond en effet sur ce point aux normes de la critique. Combien de lecteurs se rappellent le nom du narrateur dans *La Nausée* ou dans *L'Étranger* ? Y a-t-il là des types humains ? Ne serait-ce pas au contraire la pire absurdité que de considérer ces livres comme des études de caractère ? Et *Voyage au bout de la nuit*, décrit-il un personnage ? Croit-on d'ailleurs que c'est par hasard que ces trois romans sont écrits à la première personne ? Beckett change le nom et la forme de son héros dans le cours d'un même récit. Faulkner donne exprès le même nom à deux personnes différentes[44]. Quant au K. du *Château*, il se contente d'une initiale, il ne possède rien, il n'a pas de famille, pas de visage ; probablement même n'est-il pas du tout arpenteur.

On pourrait multiplier les exemples. En fait, les créateurs de personnages, au sens traditionnel, ne réussissent plus à nous proposer que des fantoches auxquels eux-mêmes ont cessé de croire. Le roman de personnages appartient bel et bien au passé, il caractérise une époque : celle qui marqua l'apogée de l'individu.

Peut-être n'est-ce pas un progrès, mais il est certain que l'époque actuelle est plutôt celle du numéro matricule. Le destin du monde a cessé, pour nous, de s'identifier à l'ascension ou à la chute de quelques hommes, de quelques familles. Le monde lui-même n'est plus cette propriété privée, héréditaire et monnayable, cette sorte de proie, qu'il s'agissait moins de connaître que de conquérir. Avoir un nom, c'était très important sans doute au temps de la bourgeoisie balzacienne. C'était important, un caractère, d'autant plus important qu'il était davantage l'arme d'un corps-à-corps, l'espoir d'une réussite, l'exercice d'une domination. C'était quelque chose d'avoir un visage dans un univers où la personnalité représentait à la fois le moyen et la fin de toute recherche.

44. Et revoilà Quentin.

Notre monde, aujourd'hui, est moins sûr de lui-même, plus modeste peut-être puisqu'il a renoncé à la toute-puissance de la personne, mais plus ambitieux aussi puisqu'il regarde au-delà. Le culte exclusif de "l'humain" a fait place à une prise de conscience plus vaste, moins anthropocentriste. Le roman paraît chanceler, ayant perdu son meilleur soutien d'autrefois, le héros. S'il ne parvient pas à s'en remettre, c'est que sa vie était liée à celle d'une société maintenant révolue. S'il y parvient, au contraire, une nouvelle voie s'ouvre pour lui, avec la promesse de nouvelles découvertes. »

Je pense que si de nombreux professeurs choisissent ce passage, c'est non seulement parce qu'il est puissant (je voulais y faire des coupes mais je ne trouve pas où, la force interne de cet écrit me le refuse), mais aussi parce qu'il commence par un point d'exclamation, signe de ponctuation à la fois doté de force et de charme. Le point d'exclamation est un couperet de guillotine assez évident mais il peut aussi être la marque du discours enfantin. On se situe entre le « J'accuse ! » et le « Tu nous embêtes à la fin ! » – les deux étant des citations de Zola. Le point d'exclamation, c'est un bon moyen de nous montrer que Robbe-Grillet *n'en peut plus*, qu'il n'est pas là pour négocier, tout en faisant appel à notre empathie (notion très importante pour ce chapitre).

Sauf que, comme l'écrit Vincent Message dans *Romanciers pluralistes*, le rapport conflictuel au personnage existe depuis que le monde est monde, ou plutôt que le roman est roman moderne, donc depuis le XVIIe siècle : « Le personnage romanesque a, depuis toujours, connu une évolution parallèle à celle du sujet : il suit ses fluctuations à la hausse comme à la baisse, il est influencé par des crises qui le remettent en cause, mais il les inspire et les relance aussi. » Se sentir engoncé dans les formes passées du personnage est un état récurrent du romancier – ce n'est pas *nouveau*. Par ailleurs, il est intéressant de noter que lorsque Robbe-Grillet attaque le personnage, il mélange d'un paragraphe à l'autre cette notion avec celle de « héros » et de « type ». Si l'on admet que personnage ne désigne pas que les héros et les types – dont je cherche, moi aussi, à me défaire – on n'a pas à tuer le personnage… Le seul concerné par la momification que déplore le texte de Robbe-Grillet, c'est le personnage du roman réaliste du XIXe, semble-t-il, lequel vient en effet au jour par un processus de construction particulier. De tels personnages arrivent dans le roman en étant chargés, parfois dès les premières pages, de déterminations riches, variées, minutieuses qui doivent déclencher la mécanique de l'illusion référentielle et leur conférer l'apparence du vivant. Selon la belle expression de Vincent Message, ils « voyagent lestés de ces malles où s'entassent comme autant de biens symboliques et d'effets de réel un bric-à-brac flaubertien de bonnets à gland et de baromètres ». On les a bourrés jusqu'à la gueule de déterminations et c'est Robbe-Grillet qui, un siècle plus tard, les vomit. Soit. Mais comme celui-ci le note lui-même dans son manifeste, il est possible de les caractériser autrement. Est-ce que cela change quelque chose, l'absence de nom, l'arrivée d'un matricule ? Quand j'ai publié *Comme un empire dans un empire*, on m'a demandé à quelques reprises si je connaissais le « vrai nom » de L, c'est-à-dire son état civil complet et la réponse est non. Je ne l'ai pas créé puis caché sous le tapis, je n'ai jamais pensé que L avait un nom plus vrai que la lettre qu'elle s'est donnée. Même lorsqu'un personnage arrive chargé d'une malle de caractéristiques, il est toujours des données que le récit ne fournit pas sur lui. Je n'ai pas de description de telle partie de son corps, je ne connais rien à l'alignement de ses dents, je ne sais pas si cette femme élide les « e » quand elle parle parce que, finalement, ce n'est pas important – l'auteur a jugé que ça ne l'était pas. C'est la même chose avec un nom – s'il ne joue aucun rôle dans la vie du personnage, si, comme L, le personnage a préféré son pseudonyme choisi à son état civil subi, alors je peux me libérer de cette contrainte. Mais délaisser l'état civil ne tue pas le personnage. Lui ôter sa « malle » de caractéristiques, non plus. Dans *Fait et fiction*, Françoise Lavocat montre que, selon diverses études de sciences cognitives, la faible détermination des personnages ne semble nullement arrêter l'empathie. Le lien affectif qui se tisse entre spectateurs ou lectrices d'un côté, personnages de l'autre persiste malgré les informations manquantes. Dans son essai, Vincent Message avance l'explication suivante : « Cette forte incomplétude des personnages peut aussi faire l'objet d'une justification mimétique puisqu'elle correspond d'assez près à notre mode de fréquentation des autres, dont la vie n'est qu'exceptionnellement pour nous un récit complet, et le plus souvent une suite d'apparitions décalées, séparées par des intervalles temporels, quelques lignes que nous relions par une série d'inférences et d'hypothèses précaires. » D'ici à avancer que le non-personnage voulu par Robbe-Grillet est, au fond, plus réaliste que ne l'était le personnage du roman réaliste, il n'y a qu'un pas.

L'idée même qu'il existerait une « incomplétude » du personnage peut aussi être sujette à débats. Dans « Quelques commentaires sur le personnage de fiction », un article que je cite abondamment sans parvenir à l'épuiser, Umberto Eco estime que, quelles que soient les données apportées par l'auteur ou l'autrice sur son personnage, elles sont complètes. C'est, selon lui, ce qui distingue notre relation à ce personnage de notre relation à un voisin, une amie, une sœur, etc. Personne ne peut affirmer et prévoir toutes les caractéristiques d'un individu donné qui sont potentiellement infinies, tandis que les caractéristiques des personnages de fiction sont sévèrement délimitées par le texte. En fait, dit Eco, « je connais les personnages de fiction mieux que mon père ». Il continue par ce passage qui m'émeut chaque fois et dont je fais mienne la première personne : « Qui sait combien d'épisodes de sa vie j'ignore, combien de pensées secrètes il n'a jamais divulguées, combien de fois il a dissimulé ses peines, ses difficultés, ses faiblesses – de telle sorte qu'après sa mort je ne récupérerai jamais ce secret, ni les aspects peut-être fondamentaux de sa personnalité. » Une partie de la vie de mon père est, pour moi, irrémédiablement perdue. Au contraire, je connais d'Aliocha, Lady Chatterley ou Janie tout ce que je dois savoir et si des pans de leur existence ne me sont pas donnés, il m'est impossible d'avoir des regrets à ce sujet. Comme l'écrit Françoise Lavocat : « Si je ne connais pas l'enfance de ma voisine, cette information me manque mais je pourrais éventuellement l'obtenir, alors que je n'ai aucun moyen de connaître l'enfance d'Hécube si l'*Illiade* ne dit rien à ce propos. » C'est dans cette possibilité d'obtenir l'information manquante (lorsque la personne est en vie) et dans le regret de ne pas avoir posé plus de questions (lorsqu'elle ne l'est plus) que prend racine, à mes yeux, une certaine culpabilité : si cette personne ne m'a pas raconté tel événement, c'est peut-être que je ne suis pas digne de confiance ou que j'ai manqué d'attention envers elle. Je n'ai pas ces interrogations avec un personnage de fiction. Ma passivité dans l'accès aux informations est obligatoire, je n'ai donc aucune responsabilité quant à ce qui m'est tu. Le lien que je tisse avec les personnages est infiniment plus simple que celui que j'ai avec les personnes réelles et c'est une des raisons pour lesquelles je le chéris.

Sans doute est-ce aussi une des raisons qui font que l'autofiction et le récit autobiographique m'attirent moins que les romans : je ne sais pas bien avec qui j'entre en relation lorsque je les lis. Le je-que-je-lis est-il le même que le je-qui-écrit et les deux sont-ils rattachables au je-qui-s'exprime-en-entretien lorsque l'auteur ou l'autrice, encore vivant, fait la promotion de l'ouvrage ? Je devrais, sûrement, considérer que je sais du « je » rencontré dans la lecture tout ce que je dois savoir mais je suis agacée, comme par une forme floue à la périphérie de mon champ de vision, par l'idée que ce « je » existe *aussi* au-dehors de ces pages, qu'elles échouent à le contenir. Quand Chateaubriand écrit dans les *Mémoires d'outre-tombe* : « Je ne dirai de moi que ce qui est conforme à ma dignité d'homme et, j'ose le dire, à l'élévation de mon cœur », je me trouve immédiatement confrontée à tout ce qui manque dans ce livre, malgré son épaisseur considérable. Par ailleurs, ma relation à ce « je » menace, elle aussi, de déborder du cadre de ma lecture, elle pourrait se prolonger au-dehors, je pourrais décider de mettre la main sur chaque prise de parole conservée de l'auteur ou de l'autrice et ajouter ces textes ou enregistrements au récit du « je » proposé par le livre, je pourrais – si je l'osais et si la personne est en vie – suggérer que nous allions prendre un café ou tout simplement écrire un message, contenant ou non des questions, dont la réponse – si elle avait lieu – ajouterait d'autres phrases et d'autres informations au livre que je viens de terminer. Je pourrais me présenter un jour devant l'auteur ou l'autrice en croyant que nous sommes liés et constater l'évidence : la relation ne s'est produite que dans un sens et je suis une étrangère, debout devant quelqu'un que je crois connaître.

Nous passons une bonne partie de nos vies dans des univers fictionnels : livres, films, séries, histoires d'horreur ou rêves d'avenir divers racontés en groupe… Nous nous plongeons, en moyenne, plusieurs heures par jour au sein de ces fictions, en compagnie d'une myriade de personnages auxquels, d'une manière ou d'une autre, nous nous lions. Mais de quelle manière, précisément ? Au début de ce texte, j'ai parlé d'identification (ou de manque d'identification) aux personnages féminins. C'est un mot qui est souvent employé et que j'ai moi-même repris un peu vite… Diverses études menées en sciences cognitives sur le rapport des individus aux personnages de fiction montrent que celui-ci relève plutôt de l'empathie, comme l'explique Françoise Lavocat. Nous ne *sommes* pas Jon Snow, perdu au milieu de la neige dans *Game of Thrones*, ou Lisbeth Salander, lancée sur sa moto dans *Millénium*, nous ne croyons pas l'être, nous sommes *avec* eux, souffrons avec eux, nous réjouissons pour eux. Les recherches en sciences cognitives ont prouvé, notamment grâce à l'IRM, que le fait d'être témoins des réactions de nos semblables ou d'en voir une *représentation* provoque chez nous une même activation des zones cérébrales liées à l'imitation et à l'émotion. Ceci se produit de façon extrêmement rapide et presque involontaire. L'empathie a très probablement joué un rôle décisif au cours de l'évolution, en tant que réaction réflexe provoquant le comportement approprié en cas de danger : secours, solidarité, fuite collective... C'est grâce à ce lien entre fiction (comme représentation des réactions) et empathie que la fiction a connu une valorisation inédite dans les années 1990, note Françoise Lavocat. Cette valorisation « coïncide avec l'essor de la culture de l'empathie, voire de la culture du *care* » et « conduit à envisager la fiction d'une façon nouvelle : enrôlée dans la promotion du souci de l'autre, la fiction est découverte bénéfique pour l'individu, la société, l'espèce ». Cette réflexion prend une tournure particulière aujourd'hui. Les deux années de pandémie qui viennent de s'écouler ont mis en lumière le fait que les métiers du soin étaient majoritairement exercés par des femmes, généralement sous-payées, des travailleuses pauvres à l'emploi du temps morcelé, aux déplacements incessants, au dos cassé... Le « souci de l'autre », dans les établissements médicaux, les écoles, à domicile, les associations qui aident les réfugiés, échoit presque toujours aux femmes. Je ne peux pas m'empêcher de me demander si c'est ce lien entre fiction et *care* qui fait que lire des romans paraît aussi un exercice réservé aux femmes, comme le montrent les études du Centre national du livre : sept lecteurs de roman sur dix sont en réalité des lectrices. J'imagine bien que ce n'est une donnée nouvelle ni pour les libraires ni pour les auteurs et autrices, les bénévoles de festivals ou les responsables à la culture : ça saute aux yeux à chaque événement littéraire, parfois plus brusquement qu'on le souhaiterait d'ailleurs. J'ai souvent vu, dans les Salons du livre, un homme se présenter devant moi et me dire, tout frétillant : « Je ne lis pas de romans, seulement des essais. » Je n'ai jamais compris la pointe de fierté et de défi qui sonnait dans cette phrase. Et alors ? Tu veux que je te provoque en duel sur le parking du parc des expositions ? Ça te regarde... Peut-être que la prochaine fois, je répondrai que c'est dommage, c'est une menace pour l'espèce.

Si nous ressentons de l'empathie devant une réaction comme devant sa représentation dans une fiction, il existe une différence entre les deux situations. L'empathie provoquée par la fiction ne nous invite pas à l'action, au contraire de celle que nous éprouvons dans des situations réelles. D'ailleurs, comme le rappelle Françoise Lavocat (et j'y reviendrai un peu plus tard), nous considérons comme immature ou erronée l'attitude des enfants qui avertissent Guignol de l'arrivée du gendarme. Le propre de la fiction serait-il de faire des lecteurs ou des spectatrices des témoins impuissants, obligés de refouler leur désir d'intervention ? C'est ce qu'avance Umberto Eco :

> « Le charme des grandes tragédies vient du fait que leurs héros, au lieu d'échapper à un destin atroce, plongent dans l'abîme qu'ils ont creusé de leurs propres mains parce qu'ils ne savent pas ce qui les attend – et nous, qui voyons clairement où ils vont aveuglément, nous ne pouvons pas les arrêter. »

Selon Françoise Lavocat, cette incapacité à transformer l'empathie en actions lui donne une dimension plus vaste, plus large. Comme « notre obligation de coopération dans la sauvegarde de notre espèce est suspendue » momentanément, nous pouvons éprouver de l'empathie pour certains personnages que nous fuirions ou jugerions néfastes dans la vie réelle. Nous n'avons pas à coopérer avec eux pour maintenir l'espèce humaine en vie. C'est certainement un soulagement, non ? Il y a même un immense plaisir à pouvoir approcher certains personnages qu'une rencontre physique nous ferait juger infréquentables, et c'est, à coup sûr, un des charmes qu'exercent les ouvrages d'Ellroy dont parlait Tristan Garcia. La fiction permet une proximité, faite d'attachement ou de répulsion, avec des personnages vicieux, souvent imbuvables : elle est cette étrange salle de bal où l'on peut valser très tard avec des monstres. J'ai pris conscience récemment qu'elle m'offrait les mêmes avantages que ma consommation d'alcool dans les bars ou les fêtes : des rencontres déraisonnables, des discussions trop longues avec des affreux et des enragées, des traversées de lieux insoupçonnés derrière des portes pourtant familières, des engagements passionnels et brefs dans des existences dont j'ignorais tout quelques heures auparavant. Elle produit les mêmes décloisonnements sans jamais me mettre en danger – au contraire de l'alcool qui, chaque fois qu'il me libère de ma routine et permet une rencontre extraordinaire, fracasse entièrement mes défenses et me laisse poisseuse de vulnérabilité.

C'est par amour pour ces rencontres, j'imagine, que de nombreux journalistes français ont décrit, presque en tremblant, le travail des *sensitivity readers*[45] aux États-Unis et le risque que les maisons d'édition de l'Hexagone se mettent, elles aussi, à les engager. L'idée que ceux qu'une tribune du *Figaro* qualifie de « lecteurs-censeurs » se mettent à exercer sur nos fréquentations littéraires le même type de contrôle que des parents envers leurs enfants (« Je te défends de voir untel, c'est une mauvaise influence ») est, en effet, très désagréable. Mais présenter le travail de ces relecteurs comme une censure prépublication, parler d'une confusion entre l'esthétique et la morale (comme dans une émission de France Culture), crier à l'aseptisation (comme dans *Charlie Hebdo*), c'est manquer plusieurs points qui ont une importance considérable. Tout d'abord, vous n'êtes pas obligé de faire appel à ces lecteurs professionnels. Les engager relève du choix du seul auteur ou du choix conjoint entre éditeur et auteur parce que ce travail leur semble utile à l'œuvre. Et, dans un même mouvement, vous n'êtes pas obligé non plus de suivre leur avis. Lorsque j'écris un livre,

45. Les *sensitivity readers* sont des lecteurs et des lectrices qui pointent dans les ouvrages qui leur sont confiés les clichés, erreurs de représentation, stéréotypes offensants ou mécompréhensions concernant un sujet ou un groupe dont ils sont spécialistes.

j'envoie le tapuscrit non seulement à mon éditrice mais aussi à quelques amis de confiance et je décide seule des retours que je vais intégrer à la version suivante, sans craindre que les coupes ou modifications suggérées soient des tentatives de censure. Deuxièmement, le but des *sensitivity readers* n'est pas de gommer les personnages racistes ou homophobes des fictions pour que chaque ouvrage devienne « un bonbon lisse » (*Le Figaro*), il est de s'assurer que les voix des personnages ou la narration – quand aucun n'est voulu raciste, homophobe, misogyne ou tout simplement mal informé – n'usent pas de clichés qui sont discriminants ou d'approximations grossières. Troisièmement, à ma connaissance, n'importe quel auteur ou autrice écrivant sur un groupe qui n'est pas le sien fera des recherches et demandera, le cas échéant, une relecture à un membre ou à des spécialistes de ce groupe pour s'assurer que ses recherches ont suffi à assurer une représentation réaliste et fine du groupe en question. Si la pratique fait hurler à la lune quand on parle d'une famille noire américaine ou d'une bande d'amies lesbiennes parce qu'on y voit de la « censure woke » (France Culture), alors il aurait fallu tempêter chaque fois qu'un avocat a relu un roman sur un procès ou une musicienne le scénario d'un film sur un orchestre. Dans ces situations aussi, les relecteurs et relectrices ne traquent pas seulement l'erreur (« C'est faux », « C'est impossible »), ils débusquent aussi le cliché et aident à peaufiner la langue (« Personne ne le dirait comme ça »). En d'autres termes, ils peuvent influer sur l'esthétique d'une œuvre en se fondant sur des critères qui n'ont rien à voir avec l'esthétique. Or, je n'ai jamais entendu crier à la confusion mortelle ni à la totale mécompréhension de la littérature lorsque ces avis professionnels étaient demandés et suivis.

En fouillant dans les articles français consacrés aux *sensitivity readers* (ils sont légion ces dernières années), je tombe sur une interview de l'une d'entre eux, Elizabeth Roderick, dans *Le Point*. Roderick est une relectrice spécialisée dans le traitement littéraire des maladies mentales. Quand elle évoque les passages sur lesquels elle suggère des modifications, elle dit tout simplement : « On voit ça à la télé » – on peut presque l'imaginer en train d'écrire la phrase au stylo rouge dans la marge, un peu excédée. Ce qui se joue dans ces quelques mots est passionnant : des fictions ont répandu des clichés tout en constituant l'unique occasion de rencontre, l'unique socle de connaissance entre leur public et les personnages représentés. Nécessairement, les fictions produites ensuite par celles et ceux qui s'en sont nourris reprennent ces clichés à leur tour. C'est un peu comme la voiture qui prend feu puis explose après un accident dans les films d'action : c'est quasiment impossible, on ne l'a vu que sur écran mais on l'a suffisamment vu pour que cela se présente naturellement à nous comme horizon inéluctable lorsqu'on écrit ou qu'on regarde une scène de course-poursuite. Ce que fait Elizabeth Roderick, sur le sujet dont elle est spécialiste, c'est de permettre à la fiction de corriger ce que la fiction elle-même a créé comme représentations erronées.

Lorsqu'un personnage représente un groupe jusque-là amplement minoritaire, voire absent, dans la littérature ou le cinéma, les attentes qui pèsent sur lui sont différentes de celles que soulève le groupe majoritaire. Quand Robbe-Grillet proclame la mort du personnage, il le fait en avançant que la volonté d'« avoir un visage dans l'univers » appartient à une société révolue et en oubliant un peu qu'il appartient à un groupe à qui jamais le statut de sujet ou d'individu n'a été nié. Soixante ans après la parution de son article, celles et ceux qui peinent encore à être reconnus comme sujets à part entière (pêle-mêle : les femmes, les non-Occidentaux, les personnes racisées ou porteuses de handicap...) réclament au contraire davantage de personnages à leur image, dotés de leurs enjeux propres et d'un temps de parole plus important. Ce n'est pas surprenant. Les hommes blancs que j'ai rencontrés en pays de fiction ont été des héros magnifiques comme ils ont pu être d'odieux criminels ou de pathétiques perdants, ils ont été cent fois chevaliers avant d'être éboueurs, cent fois grands et altiers avant d'être obèses, cent fois amoureux et aimés, cent fois triomphants ou ténébreux ou inconsolés, cent fois merveilleux au lit, cent fois terribles dans leur fureur, cent fois en se frappant le cœur ils sont tombés sur une foudre divine ou leur propre génie, cent fois ils ont masqué leur cœur de chair de leur front d'airain, cent fois ils partirent cinq cents mais par un prompt renfort, cent fois ils ont sauvé une maison, un pays, l'honneur ou la planète, ils peuvent tout se permettre aujourd'hui, surtout d'être mal aimables, vils, vides, dégueulasses, ridicules ou larmoyants[46]. La trajectoire unique d'un personnage s'appuie alors sur une infinie diversité de figures créées avant lui et c'est un avantage dont tous les groupes ne disposent pas. C'est ce que raconte, partagée entre le rire et la colère, l'autrice nigériane Chimamanda Ngozi Adichie dans sa conférence TED en 2009 :

> « Récemment, je suis allée parler de mon livre dans une université et un étudiant m'a dit que c'était vraiment affreux que les hommes nigérians soient des agresseurs sexuels, comme le personnage du père. Je lui ai répondu que j'avais lu *American Psycho* et que c'était vraiment affreux que les jeunes Américains soient des tueurs en série. (...) Il ne me serait jamais venu à l'esprit, parce que j'avais lu un livre dont le héros était un tueur, d'en faire le représentant de toute l'Amérique et ce n'est pas parce que je suis une meilleure personne que cet étudiant mais parce que le pouvoir économique et culturel américain

46. Si le pitch du film *John Wick* (Keanu Reeves joue un ancien tueur à gages décidé à venger la mort de son chien) nous paraît amusant, c'est bien parce qu'il s'inscrit au sein d'un catalogue infiniment long de héros ayant vengé père, mère, épouse ou ami lâchement assassiné et qu'il semble opérer une dégradation burlesque de l'intrigue familière. Il ne se pense qu'au sein d'un ensemble d'œuvres.

fait que j'ai reçu des histoires multiples de l'Amérique. »

C'est peut-être pour cette raison que cette même autrice fait exister non pas une mais cinquante manières d'être noir(e) entre les États-Unis et le Nigeria dans *Americanah* ou que Zadie Smith fait exister non pas une mais dix manières d'être noir(e) à Londres ou aux États-Unis dans *Ceux du Nord-Ouest* et dans *De la beauté* – parce que, consciemment ou non, elles savent qu'il y a du retard à rattraper, elles n'ont pas de temps à perdre, il faut agrandir d'un coup la palette et proposer au sein d'un seul livre des histoires multiples.

De nombreux articles publiés outre-Atlantique (et plus récemment en France) sur les figures récurrentes du « Black Best Friend » ou du « Magic Negro » critiquent le manque de caractérisation des personnages noirs dans les films et les séries, personnages qui s'avèrent la plupart du temps dépourvus de vie intérieure mais dotés d'une empathie surdéveloppée ou de pouvoirs magiques, entièrement mis au service des héros blancs. En ce sens, la nourrice d'*Autant en emporte le vent* qu'incarne Hattie McDaniel n'est pas si différente du caddie joué par Will Smith près de soixante-dix ans plus tard dans *La Légende de Bagger Vance*. Comme le soulignait le réalisateur Spike Lee lors d'une rencontre avec des étudiants, en 2001 : on se demande bien pourquoi, dans la Géorgie des années 1920, alors que les Noirs sont lynchés partout, Bagger Vance/Will Smith estime que la chose la plus importante à faire de sa vie, c'est d'améliorer le swing de Matt Damon... Dépourvus d'enjeux et de caractéristiques, les personnages noirs des fictions blanches « sont devenus des quasi-fantômes », déclare Cedric Robinson, l'auteur de *Black Marxism*. « L'homme noir est condamné à orbiter autour de l'histoire de la domination blanche. Il n'a aucune racine, aucune base. Dans ce contexte, la colère des Noirs ne trouve aucune légitimité, aucune justification. »

Dans *Beurettes*, Sarah Diffalah et Salima Tenfiche interrogent l'actrice Sabrina Ouazani sur les représentations de femmes arabes qu'elle a pu trouver dans les scénarios qu'elle a reçus depuis près de vingt ans. Celle-ci distingue plusieurs périodes. D'abord, les personnages proposés étaient des « Maghrébines sous la coupe d'un homme autoritaire qui l'oblige à mettre le voile », puis on lui a proposé de jouer « la beurette qui veut s'émanciper sexuellement », et elle précise : « On ne parlait pas d'amour, mais de sexe, comme une obsession. » Enfin, après 2012, les rôles sont devenus des rôles de femmes dijhadistes, « embrigadées dans l'extrémisme par amour ». C'est peut-être bercé par ces représentations (ou par aucune – c'est également possible) qu'un lecteur de *L'Art de perdre* m'a écrit il y a quelques années pour me dire qu'il avait beaucoup aimé les deux premières parties de mon roman mais qu'il voyait trop les artifices de la troisième : le personnage de Naïma n'était pas crédible. Elle ne pouvait pas, à la fois, venir de la famille « traditionnelle » que j'avais décrite et avoir fait des études, ne pas s'être mariée, fumer et boire. Dans ma tentative de montrer l'évolution de génération en génération, j'avais « grossi le trait » et c'était regrettable...

J'ai du mal à comprendre, je l'avoue, qu'on puisse se sentir attaqué, fragilisé ou même ennuyé par les prises de parole qui révèlent des histoires ou des personnages manquants, des histoires ou des personnages ratés. J'éprouve au contraire une joie immense à savoir ou à découvrir qu'il existe des histoires encore à dire et des personnages encore à créer. Affirmer qu'il manque à la fiction toute une moitié du monde, c'est lui dire aussi qu'il lui *reste* cette même moitié du monde dans laquelle s'égailler et ça me paraît le plus beau des programmes. Encore une fois, ce n'est pas aux seuls auteurs et autrices qu'il revient de révéler cette moitié, c'est aussi aux maisons d'édition de porter leurs projets, aux critiques, aux lecteurs et aux lectrices de ne pas demander à leurs œuvres de se lire *comme d'habitude*. Comme le rappelle Toni Morrison, ce n'est pas toujours évident, ça demande un effort :

> MORRISON : (...) Ce qu'ils veulent dire, c'est : Est-ce que vous allez enfin écrire un livre sur les Blancs ? Pour eux, peut-être que c'est une espèce de compliment. Ils disent : Vous écrivez suffisamment bien pour que je vous laisse même écrire sur moi. Ils ne pourraient pas dire ça à quelqu'un d'autre. Imaginez, est-ce que j'aurais pu aller me

planter devant André Gide et lui dire : Très bien, mais est-ce que vous allez passer aux choses sérieuses et vous mettre à écrire sur les Noirs ? Je ne crois pas qu'il aurait su quoi répondre à cette question. Et je ne peux pas non plus. Il aurait dit : Quoi ? Je le ferai si j'en ai envie. Ou alors : Vous êtes qui ? Ce qui sous-tend cette question, c'est celle du centre, qui est blanc, et autour se trouvent des régions noires ou asiatiques ou toutes sortes de gens des marges. Cette question ne peut être posée que depuis le centre. (…) Et ce que je dis, moi, c'est : Eh bien, je vais rester dehors, à la marge, et je vais laisser le centre se tourner vers moi.

Il y a tout à gagner, me semble-t-il, à accepter de se tourner vers les régions et les marges que nous ouvre la fiction, et de permettre ainsi un agrandissement de nos mondes, une pratique accrue de l'altérité.

Dans « Formes littéraires, formes de vie. D'un livre à l'autre », une communication donnée au collège de France en 2017, Marielle Macé décrit l'acte de lire comme « le corps-à-corps entre un individu et des formes, ou une entrée en débat avec des formes, c'est-à-dire en fait avec d'autres manières d'être homme, d'autres manières de se tenir dans le temps, dans son corps, dans le monde, d'autres manières de se débattre avec le fait même de la vie ». Je trouve cette formule, de prime abord, juste et belle mais, si je m'y arrête, je dois préciser que les termes de « corps-à-corps » ou de « débat » me paraissent un peu trop brutaux pour décrire ma propre pratique de lecture. S'il y a débat, quand je lis, entre ma manière de vivre et celles que je croise dans les romans, celui-ci est curieusement serein. Je n'ai jamais l'impression que le mode de vie d'un personnage est un jugement sur le mien : ils peuvent faire ce qu'ils veulent sans que je me demande s'ils pensent que c'est *la* voie à suivre et que la mienne, si elle diffère, relève du pis-aller ou de l'erreur d'appréciation. La façon dont ils pensent et agissent se tient là, devant moi, observable, offerte à ma curiosité et à mon empathie sans jamais m'intimer de les imiter. L'inverse fonctionne aussi : les personnages se foutent que je boive trop certains soirs ou que je ne veuille pas d'enfant. Je peux les regarder sans être vue. Notre rapport, pourtant amputé, est, encore une fois, plus simple que celui que j'ai avec les gens qui m'entourent.

Cependant, notre relation ne va pas sans une certaine frustration. Certains jours, les personnages me manquent, ils ne sont (évidemment) pas là – ce par quoi je veux dire qu'ils ne sont pas là *pour moi*. Il m'arrive de leur en vouloir, d'être douloureusement blessée, comme si le fait qu'ils répètent encore et encore, à chaque visionnage, chaque lecture, la même existence dans laquelle je n'apparais pas était une offense personnelle. Parmi les premiers textes que j'ai écrits, enfant et adolescente, beaucoup n'ont pas d'autre vocation que d'abolir la distance entre les personnages aimés et moi : ils reprennent des scènes de romans ou de films et me propulsent en plein milieu. Soudain, j'y suis. À Fondcombe, dans le Nebuchadnezzar, au siège de La Rochelle, dans la forêt de Sherwood... et pour un temps – avant de m'avouer que je triche – j'ai un peu moins mal. Cette frustration, qui ne m'est pas réservée, explique, pour Françoise Lavocat, la récurrence des métalepses en littérature et au cinéma, c'est-à-dire des passages de frontières entre différents niveaux de la fiction qui ne devraient pas communiquer. Pour n'en donner que deux, parmi les plus célèbres : dans *La Rose pourpre du Caire*, le personnage de Tom Baxter traverse l'écran pour s'enfuir avec Cecilia, la spectatrice de cinéma, et, dans *L'Histoire sans fin*, Bastien pénètre dans l'histoire qu'il était en train de lire pour aider la Petite Impératrice. Dans les deux cas, ce franchissement (bien qu'il n'ait pas lieu dans le même sens) a pour but de pallier une frustration devenue invivable. Chez Woody Allen, Cecilia souffre d'une vie douloureuse et terne, coincée dans les affres de la Grande Dépression et dans un mariage minable. Elle ne trouve d'échappatoire que lorsqu'elle se rend au cinéma. Chez Michael Ende, Bastien s'est d'abord caché dans la librairie pour échapper aux coups d'autres garçons, mais le livre qu'il commence à lire le renvoie à son impuissance puisqu'il suit les aventures d'Atreju qui affronte en vain le Néant. Avant le passage stricto sensu d'un monde à l'autre, la première métalepse de *L'Histoire sans fin* a lieu lorsque Bastien pousse un cri de frayeur en lisant le chapitre où Ygramul la Multiple attaque Atreju et que ce cri se répercute dans le Pays Fantastique, à la grande surprise du monstre et de sa proie. C'est précisément le contraire de ce que décrit Umberto Eco : les personnages que nous voyons avancer « aveuglément » peuvent soudain nous entendre leur hurler que ce n'est pas la bonne direction, que cette idée de couper par le défilé rocheux ou par la forêt sombre est stupide, que non, non, non, on ne se sépare jamais quand on a affaire à un tueur ou qu'on ne se contente pas de le laisser à demi assommé si on a la chance de l'avoir envoyé au sol. Bref, une action est *enfin* possible. Elle l'est rarement sur la durée. Toute bonne métalepse semble devoir avoir une fin.

Dans un certain nombre d'œuvres, c'est l'enfance qui permet le basculement d'un monde à l'autre – comme Alice vers le Pays des merveilles –, établissant aussi qu'à partir d'un certain âge ce franchissement deviendra impossible. Une des caractéristiques que nous prêtons souvent à la psyché des enfants, c'est que ceux-ci seraient incapables (ou moins capables que nous) de faire la différence entre réalité et fiction. Ce sont des êtres-pour-la-métalepse, sans notion de frontière. Et, comme dit plus haut, l'adulte rit – avec une profonde tendresse, sans doute, mais il rit – lorsqu'il voit le public juvénile crier pour avertir Guignol. Ce que cette conception laisse de côté, c'est que les fictions destinées aux enfants sont très souvent reprises par les adultes pour créer des prolongements dans la vie des petits. Lorsqu'on demande si un enfant croit *encore* au Père Noël, on occulte le fait que ses parents, grands-parents, institutrices, baby-sitters construisent et accompagnent cette croyance. On raconte aux enfants que c'est le Père Noël qui apporte les cadeaux, on leur demande d'écrire une lettre à son intention, on laisse des biscuits à côté de la cheminée, des carottes pour les rennes, on les emmène dans des endroits où se trouvent des Pères Noël tout au long du mois de décembre, sur les marchés, dans les galeries commerciales, parfois même dans les écoles. Et ce n'est là qu'un exemple parmi d'autres : « À Cendrillon ou à Blanche-Neige s'ajoutent les employées de Disneyland qui jouent leur rôle et toute une industrie du divertissement qui vient brouiller la frontière entre fait et fiction », écrit Françoise Lavocat. Si on y réfléchit bien, on place l'enfant dans une situation qui n'est pas si différente de celle du film *The Truman Show* : lorsque tout le monde fait semblant que ceci est réel, comment est-ce que Truman, ou n'importe quel enfant, pourrait comprendre que ça ne l'est pas ? Par quelle révolution copernicienne qu'il n'a pas les moyens de mener ? Il faut, comme dans *Matrix*, qu'un élément extérieur surgisse en brandissant une pilule de lucidité pour pouvoir s'extraire des seuls référents que l'on connaît.

Par ailleurs, sommes-nous si sûrs que nous, adultes, avons les moyens d'établir clairement une frontière entre le pays de la fiction et le monde réel ? Dans son article, Umberto Eco cite une étude selon laquelle 25 % des Britanniques croient que Winston Churchill, Gandhi et Charles Dickens sont des personnages de fiction alors qu'un pourcentage plus important encore pense que Sherlock Holmes a vraiment existé. Si j'en reviens à ma voiture qui explose, combien de spectateurs de films d'action pensent-ils, après un matraquage continu, que c'est le destin normal d'un véhicule touché par les flammes ? Même pour nous, les frontières sont poreuses... Et ce n'est peut-être pas vraiment un problème. Nous savons que telle chose est impossible mais nous avons envie d'arrêter de le savoir, brièvement, à un moment précis. C'est peut-être ce qui nous attire irrémédiablement vers le pays de la fiction. Si je crie encore sur mon canapé lorsque je regarde, mettons, *Les Infiltrés*, c'est bien que j'ai l'espoir ténu que Billy Costigan/Leonardo DiCaprio m'entende. Peut-être aussi que se joue autre chose : une suspicion angoissée, devant les trajectoires aveugles des personnages, devant la compréhension médiocre de la situation dont ils font preuve, que mon rapport au monde n'est pas si différent du leur, pas mieux renseigné, pas plus cohérent. Et que s'il existait une spectatrice de ma vie, dans un autre plan de la réalité (disposant malgré tout d'un canapé), elle crierait, elle aussi, en me regardant gesticuler, que je ne vais pas dans la bonne direction, que c'est une très mauvaise idée... C'est sur cette ouverture effrayante qu'Umberto Eco termine son article sur les personnages :

> « Un tel problème n'est pas aussi étrange qu'il y paraît. Essayez s'il vous plaît de le prendre au sérieux (...). Les personnages de fiction vivent dans un monde incomplet

(ou, pour être plus grossier et politiquement incorrect) dans un monde handicapé. Mais quand nous comprenons vraiment leur destin, alors nous commençons à soupçonner que nous aussi, comme citoyens du monde réel, subissons fréquemment notre destin justement parce que nous pensons notre monde de la même façon que les personnages de fiction pensent le leur. La fiction suggère que peut-être notre vision du monde réel est aussi imparfaite que celle des personnages de fiction. »

Comme beaucoup d'enfants, les premiers personnages imaginaires que j'ai rencontrés dans ma vie étaient mes propres inventions ou celles de mes sœurs, des peluches que l'on dotait d'une personnalité, d'un nom et qui, par des voix maladroitement ventriloques ou par télépathie, se retrouvaient douées de parole. À leurs côtés, se trouvaient les personnages des histoires lues ou improvisées par nos parents au moment de nous mettre au lit. Si j'en crois *Fait et fiction*, ces fréquentations m'ont été bénéfiques. Françoise Lavocat cite les travaux de Marika Moisseeff, une anthropologue, selon laquelle les premiers personnages fictifs, qu'il s'agisse des doudous ou des héros des fictions du coucher, libèrent les enfants en leur permettant de tisser des liens affectifs avec des entités dont ils ne sont pas dépendants, au contraire des adultes qui les entourent. C'est une « décontamination relationnelle » : elle aide les petits à se libérer de l'influence trop directe de leur entourage. Lorsque j'ai arrêté de faire parler mes peluches (ou que celles-ci ont arrêté de me parler – je ne sais pas qui d'entre nous a pris l'initiative), je suis passée aux livres. Et si, là aussi, de nombreuses études de psychologues cités dans *Fait et fiction* montrent que j'en ai sûrement tiré des bénéfices dans mon enfance, à savoir des compétences nécessaires à la vie en société (comprendre les réactions des autres, les anticiper ou les deviner, apprendre à mettre en récit les malheurs et traumas, etc.), j'ai commencé vers huit ou neuf ans à remarquer que ma fréquentation assidue des romans provoquait pourtant une certaine inquiétude chez les adultes. J'ai appris à connaître leurs réactions ambivalentes face à mon passe-temps. D'un côté, je voyais bien que c'était un loisir socialement valorisé, qu'il m'attirait l'admiration de mes parents, des institutrices ou des invités de passage. Lire, c'est l'activité des enfants sages, studieux, curieux, bons élèves, destinés à être cultivés – quand les ouvrages appartiennent à un certain corpus. Mais, d'un autre côté, je décelais une irritation intranquille, notamment chez ma mère, devant le spectacle répété de mon absorption par un roman. « Sors un peu le nez de tes bouquins ! » J'ai entendu cette phrase en boucle, surtout au début de l'adolescence. Mais pour aller où ? Je n'avais pas de mobylette ni de scooter, j'étais encore à des années du permis de conduire et ma famille vivait à plusieurs kilomètres de la ville la plus proche. Sortir le nez de mes bouquins mais pour quoi faire ? Mes bouquins, justement, me sortaient de la maison, du jardin et de l'impression que tout était loin, les amusements, les aventures, les passions, ils m'arrachaient à ma stase piteuse. Mes bouquins me sortaient de mon corps à une époque où je détestais mon corps. Me sortaient des sociabilités imposées qui me laissaient frustrée quand elles ne me laissaient pas en pleurs. Sortir de mes livres, c'était rester coincée dans tout le reste : la pluie de novembre, la boue gluante, les arbres noirs, l'affection aléatoire du chat, toute l'échoppe de désagréments ouverte par la puberté, le bouton rouge au coin du nez, les hanches devenues trop larges, les seins douloureux et les blagues dégueulasses qu'ils attiraient, les garçons qui ne me plaisaient pas tant que ça mais parmi lesquels il fallait bien choisir, pourtant, si je ne voulais pas porter l'étiquette de « coincée » jusqu'à la fin du collège, les mains glissées de force sous mes vêtements à l'arrière du bus scolaire, l'impossibilité de savoir à qui en parler.

« Sors un peu le nez de tes bouquins. » Comme si ma mère avait eu peur que, sans ses injonctions, je puisse vivre *pour de bon* à l'intérieur du livre que je tenais à la main. Et peut-être que je l'aurais voulu, si ça avait été possible, mais je savais bien, moi, que tous les livres avaient une fin et qu'il me faudrait quitter plus tôt que je le désirais le pays de fiction pour retourner au reste. Je ne voyais simplement pas pourquoi j'aurais hâté cet événement – sortir mon nez. Je traînais comme le J. Alfred Prufrock de T.S. Eliot, découvert bien plus tard : *Nous nous sommes attardés aux chambres de la mer/ Près des filles de mer aux parures d'algues pourpres/ Mais les voix des humains nous réveillent et nous noient.* Je me suis reconnue si vite et si douloureusement dans les phrases simples de l'écrivaine Marianne Alphant, interrogée par Laure Murat dans *Relire* : « Quelquefois, je me dis que ça a occupé trop de place dans ma vie. Et puis quelquefois je me dis, après tout, pourquoi pas ? »

Aujourd'hui, je me demande si ce qui inquiétait ma mère était ce qu'on appelle l'effet Werther – en référence à la vague de suicides qui a eu lieu en Allemagne, au moment de la parution des *Souffrances du jeune Werther* de Goethe, à la fin du XVIIIe siècle. Ce roman, qui raconte les amours malheureuses de Werther pour Lotte, met en scène le suicide de son héros lorsque celui-ci comprend qu'il ne pourra ni épouser ni oublier la jeune femme. Le succès de ce livre et l'intensité des réactions qu'il a provoquées sont emblématiques de ce que les Allemands ont appelé la *Lesewut* (rage de lire) et que l'historien américain Robert Darnton décrit comme une « fièvre de lecture, semblable à une épidémie », survenue lors de ce même XVIIIe siècle[47]. C'est le sociologue David Phillips qui, dans les années 1970, baptise « effet Werther » les cas de suicides mimétiques répertoriés après un suicide particulièrement

47. Je le mentionne ici uniquement parce que je trouve merveilleux que, par la grâce de la langue agglutinante, l'allemand se soit doté d'un mot pour exprimer une rage qui m'est si familière et qui n'a pas de nom en français.

public, qu'il s'agisse de celui de célébrités comme Marilyn Monroe et Kurt Cobain ou de personnages de fiction. Cependant, dans le cas de Werther, il faut minimiser l'effet Werther. Ou plutôt, il faut prendre en compte le fait que Werther a eu un effet Werther tout relatif, quand bien même il a donné plus tard son nom au phénomène. L'effet Werther du suicide de Kurt Cobain ou de celui de Marilyn Monroe est bien plus considérable que l'effet Werther de Werther. L'expression « vague de suicides » que j'ai utilisée en début de paragraphe est sans doute exagérément dramatique car on ne dispose pas de chiffres précis et, par ailleurs, le phénomène a probablement été gonflé par l'Église qui voulait faire interdire le roman de Goethe qu'elle lisait comme une apologie du suicide. Il est cependant fait mention, ici et là, de plusieurs jeunes gens, dont certains habillés comme Werther, qui se seraient tués par arme à feu, comme le héros du livre, après la publication du roman. « Combien ? » est une question qui m'importe peu. C'est le « pourquoi ? » qui me tracasse. Comme le fait remarquer Umberto Eco, si notre meilleur ami est abandonné par la femme qu'il aime, nous pouvons compatir, nous pouvons être triste, voire pleurer avec lui, mais nous n'allons pas nous suicider à cause de *son* malheur amoureux. Pourquoi est-ce que Werther, lui, a ce pouvoir ? Il semblerait que c'est ce qui arrive lorsque l'empathie est remplacée par l'identification. Lire ou regarder une fiction, c'est entrer dans le monde possible défini par l'auteur. Mais dans ce monde-là, dit Eco, nous pouvons souffrir de n'être pas « formellement recensé », on n'y parle pas de nous, nous n'y existons pas. Écrire, ou plutôt réécrire ces mondes, était pour moi une manière de troubler le recensement. Mais lorsque cette option ne se présente pas, notre engagement passionnel nous pousse alors à assumer la personnalité de quelqu'un d'autre, quelqu'un qui a le droit de vivre là. Alors, nous entrons dans le pays de la fiction presque de force, au chausse-pied, en nous identifiant à un personnage pour le meilleur et pour le pire, et nous ne trouvons plus le chemin de la sortie.

Pour ma part, je n'ai jamais connu l'effet Werther, quand bien même le personnage d'un de mes romans préférés se donne la mort à la fin du livre[48]. J'ai lu et relu le glissement dans la mer de Martin Eden sans jamais penser à me suicider. Parfois je m'émerveille de constater que j'ai espéré à chaque relecture que Martin Eden ne se suiciderait pas. Martin arrive en Californie, il est marin, il a sauvé un jeune bourgeois, Arthur, qui lui fait découvrir un autre monde. Martin se met à lire et à écrire. Il tombe amoureux de Ruth, la sœur d'Arthur. Elle ne peut pas l'aimer parce qu'il ne sait pas le latin mais elle a le désir fou de poser ses mains sur sa nuque, à l'endroit où le col amidonné de sa chemise le blesse parce qu'il n'a pas l'habitude d'en porter. Martin vend sa force

48. (AVERTISSEMENT : SAUTEZ IMMÉDIATEMENT DEUX PARAGRAPHES SI VOUS NE VOULEZ PAS SAVOIR DE QUI IL S'AGIT)

de travail dans des conditions effroyables pour pouvoir continuer à écrire, payer le papier, l'encre, les envois aux magazines. Longtemps, ça ne marche pas. Et puis ça marche, un peu, ça marche soudain très fort mais c'est trop tard. Quelque chose s'est brisé en lui : les mêmes gens adulent les mêmes textes qu'ils avaient méprisés. Ruth dit soudain l'aimer après l'avoir rejeté, Ruth dit : Mais bien sûr, épousez-moi, mes parents sont ravis. Martin ne peut pas faire confiance aux bourgeois : leur jugement esthétique comme leurs émotions amoureuses sont dictés, consciemment ou non, par leurs intérêts. Ce monde qui lui a paru si beau, si plein, est une coquille vide et il s'est épuisé à y entrer. Il ne peut plus se faire confiance, non plus : il a voulu trop fort quelque chose qui n'était rien. Il part en mer, retrouver les îles où il avait été heureux mais, au cours de la traversée, il saute par-dessus bord et il se tue. Il se tue avec application, ce n'est pas un accident. Les dernières phrases du livre sont magnifiques et abruptes : « Il y eut un long grondement, et il eut l'impression de glisser sur une pente interminable. Là, tout au fond, c'étaient les ténèbres. Ça, il le savait : il sombrait dans les ténèbres. Et au moment où il le sut, il cessa de le savoir. »

Chaque fois que je lis ces lignes, mon cœur rate un battement. Mais je n'ai jamais pensé à me suicider comme Martin à cause, justement, de cette disposition finale des phrases. Le suicide arrive à la dernière ligne, le suicide arrive comme une claque, il provoque un sursaut, il fait presque crier « Non ! ». Martin ne m'emmène pas avec lui quand il sombre vers les ténèbres, il le fait *contre* moi et je ne crois pas qu'il s'agisse simplement d'un point de vue subjectif. Jack London a déclaré que personne n'avait compris son livre, qu'il avait été lu de façon trop romantique : pour lui, c'était l'histoire d'un jeune homme qui se tue parce qu'il a fait le mauvais choix un peu plus tôt. Il a choisi la bourgeoisie plutôt que de rejoindre les militants socialistes et il en paie le prix car seule l'action politique aurait pu l'arracher à sa condition. Sans vouloir manquer de respect à London, c'est absolument *illisible*, au sens où nulle part dans le roman il ne fait paraître désirable la cellule politique que Martin découvre brièvement. Mais je veux bien croire à son intention de ne pas faire du suicide un geste romantique et grandiose : je le sens, chaque fois. Ce n'est pas un prolongement du sentiment amoureux, ce n'est pas un acte de rébellion, un crachat, une fulgurance. C'est un état dépressif accablant qui se termine par un acte sec et brutal. *Martin Eden* ne m'a jamais donné envie de mourir, il m'a donné envie de vivre, de réparer par ma vie son existence cassée en deux.

La forme et le chaos

Morrison : Ce qui me fait sentir que j'appartiens à ce monde, ce n'est pas que je suis professeure, ou mère, ou amante, mais ce qui se passe dans mon esprit quand j'écris. À ce moment-là, j'appartiens au monde et toutes les choses qui sont éparses et irréconciliables peuvent être utiles. Je peux faire les choses que les écrivains disent traditionnellement qu'ils font, à savoir créer un ordre dans le chaos. Même si vous reproduisez le désordre, vous le contrôlez à un moment. Cette lutte qui a lieu pendant le travail est extrêmement importante – plus importante pour moi que la publication.

Journaliste : Si vous ne le faisiez pas, alors le chaos…

Morrison : Alors je ferais partie du chaos moi aussi.

JOURNALISTE : Est-ce que la réponse à ça ne serait pas de donner des conférences sur ce chaos ou de se lancer dans la politique ?

MORRISON : Si j'étais douée pour ça. Tout ce que je peux faire, c'est lire des livres, écrire des livres, éditer des livres et écrire des critiques sur des livres.

Ce que décrit Morrison dans cet extrait de son entretien pour *The Paris Review* m'a toujours paru être un des buts de l'écriture – ou peut-être son horizon fantasmatique, jamais atteint : créer un ordre dans le chaos. Ses propos me paraissent à la fois obscurs (on ne peut pas dire qu'il y ait un mode d'emploi, là non plus) et instantanément compréhensibles (ah oui, c'est ça). J'ai répété jusqu'ici que lire m'arrachait à l'état d'impuissance dans lequel mon existence me plonge de manière réitérée. Et bien sûr, écrire a le même effet, décuplé par instants. Écrire me permet de manipuler des choses « éparses et irréconciliables » qui cessent de se présenter comme douloureuses car elles s'avèrent, le temps de l'écriture, *utiles* dans leur éparpillement.

C'est un temps qui me permet de revenir sur des accumulations de pensées, de sensations et de souvenirs laissés en jachère – même si je n'écris pas sur moi et me suis toujours tenue à une distance prudente de l'autofiction, je suis un des matériaux que j'utilise. Parfois, je me demande si, dotée d'une pensée plus rapide et plus précise, j'aurais pu me passer de l'écriture.

Je pense à la déclaration tranchante de l'autrice américaine Joan Didion dans « Pourquoi j'écris » : « Si j'avais eu la chance de pouvoir accéder, même de façon limitée, à mes propres pensées, je n'aurais eu aucune raison d'écrire. J'écris uniquement pour découvrir ce que je pense, ce que je regarde, ce que je vois et ce que ça signifie. » Je n'écris pas *uniquement* pour ces raisons, mais elles expliquent sans doute la régularité de ma pratique d'écriture et l'impression d'assèchement que je ressens si j'en suis privée plus de quelques semaines. Quand je n'écris pas pendant trop longtemps, je me trouve bête – ma grand-mère aurait dit *bête à manger du foin* mais l'expression est trop jolie, trop pittoresque : je me trouve bête à crever. Durant mes premières années parisiennes, j'avais peint sur ma commode blanche le début de cette phrase de Proust, tirée du *Temps retrouvé* : « La vraie vie, la vie enfin découverte et éclaircie, la seule vie par conséquent réellement vécue, c'est la littérature ; cette vie qui, en un sens, habite à chaque instant chez tous les hommes aussi bien que chez l'artiste. Mais ils ne la voient pas, parce qu'ils ne cherchent pas à l'éclaircir. » La dimension du meuble ne m'avait pas permis d'aller au-delà du point-virgule et la citation était en grande partie là pour produire un effet sur les amis de passage. Mais si je l'ai choisie elle, parmi cent autres possibles, c'est qu'elle avait d'abord produit sur moi un effet puissant. Je ne sais pas bien lequel, aujourd'hui encore. Si je devais définir ce que chercher à « éclaircir la vie » signifie pour moi, lorsque j'écris, je dirais qu'il s'agit de deux tentatives qui peuvent paraître opposées :

— Protéger certaines expériences fragiles et évanescentes d'une couverture offerte par la langue. C'est recouvrir, non pas au sens de masquer, de dissimuler, mais de border ou de tenir chaud. Certains moments m'ont marquée, me restent, sans que je sache forcément pourquoi et, de ces moments, je ne peux pas dire grand-chose si la langue ne vient pas à mon secours car leur structure narrative est pauvre, voire inexistante : ils n'intègrent pas d'éléments de surprise ni de verbes d'action, ils ne sont en rien inhabituels ou, au contraire, ils sont peu crédibles. Rien en eux ne suscite une adhésion si je les dis simplement, avec les mots de tous les jours. Et pourtant… je traîne ces fragments de paysages, habités ou non, ces bribes de phrases, un geste aperçu chez un être aimé, ils ne s'en vont pas. J'ai le choix de les taire ou de les préserver en écrivant. Si je les développe, si je leur donne une étendue par la langue, ils deviennent quelque chose. C'est une pensée que j'ai prêtée à Antoine, un des personnages de *Comme un empire dans un empire* :

> « Parfois Antoine voyait des lapins traverser les herbes hautes et il trouvait ça beau et il regrettait de ne plus avoir l'âge de se tourner vers son voisin pour lui dire "Regardez !" et il savait qu'il n'en parlerait à personne à son arrivée parce qu'un lapin est une trop petite chose pour qu'on puisse porter le récit de son apparition pendant une heure

ou deux avant de le partager, un lapin disparaît de lui-même quelques minutes après qu'on l'a vu sans laisser d'histoire et Antoine était triste de sa joie qu'il ne raconterait à personne et il était triste que les lapins ne soient pas plus gros. »

Dans *L'Abécédaire*, Deleuze distingue les concepts, que produit la philosophie, et les percepts, que crée la littérature. Le percept, dit-il, est un « ensemble de perceptions et de sensations qui *survivent* à ceux qui les éprouvent » (c'est moi qui souligne). La seconde où le lapin est aperçu n'est rien, elle s'insère dans le quotidien, à mille lieues d'un bouleversement. Cette seconde aurait pu être écrasée par d'autres secondes, appartenant à la même vie, ou tirées des récits des autres. Victime d'une compétition de l'attention ou de la mémoire, elle aurait aisément pu disparaître comme une larme dans la pluie, dirait le réplicant de *Blade Runner*, mais le texte la recueille et la protège. Lors d'une table ronde à laquelle je participais pour Citéphilo, en novembre 2021, la philosophe Vinciane Despret a raconté qu'elle avait commencé à vouloir « bien écrire » et plus simplement « bien raconter » lorsqu'elle travaillait sur *Au bonheur des morts*. Elle recueillait alors des récits sur les différentes manières qu'ont les vivants d'accueillir ou de rendre présents dans leur existence les défunts qui les ont quittés. C'est parce que ces récits étaient si fragiles, a-t-elle dit, et fragiles celles et ceux qui les lui confiaient, qu'elle s'est sentie dans l'obligation de les *protéger par l'écriture* – et c'est à elle que j'emprunte cette formule qui m'a profondément émue.

— Dégager certaines expériences des mots de tous les jours. Un passage du *Degré zéro de l'écriture*, de Roland Barthes – ouvrage lu à l'époque des citations sur la commode –, me revient souvent : il y explique qu'on s'imagine à tort que la littérature est un effort pour nommer un réel qui serait préexistant au langage alors qu'il s'agit, au contraire, de dégager quelque chose de la gangue de mots éteints qui empêche de l'atteindre.

> « Un ami vient de perdre quelqu'un qu'il aime et je veux lui dire ma compassion. Je me mets alors à lui écrire spontanément une lettre. Cependant les mots que je trouve ne me satisfont pas : ce sont des "phrases" : je fais des "phrases" avec le plus aimant de moi-même ; je me dis alors que le message que je veux faire parvenir à cet ami, et qui est ma compassion même, pourrait en somme se réduire à un simple mot : Condoléances. Cependant, la fin même de la communication s'y oppose, car ce serait là un message froid, et par conséquent inversé, puisque ce que je veux communiquer c'est la chaleur même de ma compassion. J'en conclus que pour redresser mon message (c'est-à-dire en somme pour qu'il soit exact), il faut non seulement

que je le varie, mais encore que cette variation soit originale et comme inventée. »

« Condoléances » ne dit rien de ce qu'est l'expérience du deuil ou de l'empathie, quand bien même le mot signifie, originellement, que je souffre avec l'autre, que je prends – peut-être – ma part de son chagrin. Le mot, usé, échoue. Il faut redresser le message, dit Barthes ; « réordonner », préfère Merleau-Ponty dans *Signes* (« L'écrivain s'installe dans des signes déjà élaborés, dans un monde déjà parlant, et ne requiert de nous qu'un pouvoir de *réordonner* nos significations selon l'indication des signes qu'il nous propose »). J'ai choisi d'écrire un peu plus haut « dégager », mais ce qui m'est venu, spontanément, c'est « dénuder », au sens technique, comme on dénude un fil électrique pour découvrir, sous l'isolant, le tressage des fils du cuivre le long desquels le courant voyage.

Ce geste de dégager/dénuder implique également de me demander, pendant l'écriture, qui contrôle le langage dans lequel j'en suis réduite à me dire. Quelles structures ? Quelles figures d'autorité ? Il faudrait sans doute, comme le suggère Yves Citton dans *Mythocratie*, oser ce qui se présente comme une erreur syntaxique et écrire « Qui contrôlent ? », pour souligner le pluriel. Et même si j'étais capable de les repérer toutes, je ne saurais pas forcément comment en sortir pour dire quelque chose qui ne leur appartienne pas, qui échappe à leurs hiérarchies diverses. Dans *L'Âge de la première passe*, Arno Bertina raconte les ateliers d'écriture qu'il mène au Congo avec des jeunes filles des rues et la peur d'enfermer les vies de ces femmes dans le langage des maîtres et de la correction :

> « Certes, elles sont bilingues mais si la nuit se vit en kituba tandis qu'elles échangent avec les professeurs ou la police en français, toute une gamme de mots leur fait défaut – dans une langue comme dans l'autre. (...)
> On peut avoir arrêté l'école très tôt et avoir été marqué au fer par le fait que la langue française est celle dans laquelle il faut plier, plier sans cesse. Celle aussi qui sanctionne (les mauvais résultats), qui renvoie de l'établissement, dans laquelle il faudra avouer une grossesse à monsieur le directeur, etc. (...)
> Pour écrire ou dire l'intime en français, il faudrait donc désactiver la fonction de contrôle qui s'exerce jusque dans le langage, et sa fonction normative (école, administration). »

L'écriture, ainsi décrite, devient une sorte d'exercice de méfiance, un cabrage, à l'égard d'un langage contrôlé par des structures normatives diverses, parfois effrayantes, qui paraissent l'avoir préempté et ne laisser aux autres que la peur d'y commettre des erreurs. Là aussi, contre les dénominations abruptes, il faudrait « redresser », construire des treilles autour du mot qui écrase, le flanquer d'intervalles dans lesquels se jouera quelque chose de plus ténu. Arno Bertina écrit :

> « Un mot seul est souvent une agression, quand une phrase complète réintroduit des espaces, des blancs, des pauses, des repos, des combinaisons, du jeu. Toute la littérature est peut-être une vaste méfiance à l'égard des mots isolés qui sont comme des loups solitaires. Il faut les solidarités parfois mystérieuses des différents éléments qui font une phrase, pour relever quelqu'un. »

Cette méfiance peut aussi s'appliquer à la construction narrative du texte. Me ressaisir d'une expérience du monde dans l'écriture, « appartenir au monde », dit Morrison, c'est penser des organisations plus vastes que moi (classes sociales, tribus, multitudes) et y chercher des formes, des motifs répétés, des faisceaux de sens et de facteurs, au-delà de récits simplistes qui me les ont masqués. En termes de narration, écrire, ce n'est sans doute pas tant mettre le réel en récit que chercher à le dégager des formes narratives préexistantes qui étouffent, simplifient, bâillonnent ou rendent tout simplement banal ce qui pourrait ou devrait ne pas l'être. Il est certains récits qui ont valeur d'acquiescement à un ordre du monde. Prendre le temps d'écrire est ce qui me permet, pour un moment, de leur échapper. Ce sont, le plus souvent, des récits qui ne connaissent comme enchaînements que la causalité : ceci s'est produit *parce que* cela avait eu lieu, et ainsi de suite. Je trouve très belle cette phrase de Vincent Message dans *Romanciers pluralistes* : « La narration classique, parce qu'elle ordonne le monde en quelques tours de passe-passe, est une autre variété d'opium du peuple, une sorte de berceuse pour enfants que la tombée de la nuit affole. » Alors tant pis pour ce qui dépasse, ne rentre pas dans la narration : on coupe, un peu comme les méchantes sœurs de Cendrillon, prêtes à s'amputer d'un orteil ou d'un morceau de talon pour pouvoir glisser le pied dans la pantoufle de vair. Sauf que cette manière de faire condamne irrémédiablement à ce qu'on trouve du sang dans la chaussure, à livrer une simplification du monde qui ne se produit qu'en imposant le silence à une partie des éléments « disparates » dont parlait Morrison. Elle a forcément un coût.

Les formes narratives auxquelles je cherche à échapper, quand je lis ou quand j'écris, ne sont pas uniquement celles du roman *as usual*, des productions littéraires, elles sont aussi et surtout des productions politiques. « Tout pouvoir est pouvoir de mise en récit », déclarait l'historien Patrick Boucheron lors de sa leçon inaugurale au Collège de France. Cela ne signifie pas seulement qu'il se donne à aimer et à comprendre par des fictions juridiques, des fables ou des intrigues ; cela veut dire plus profondément qu'il ne devient pleinement efficient qu'à partir du moment où il sait réorienter les récits de vie de ceux qu'il dirige. » Il y a quelque chose de pernicieux dans le phénomène que décrit Boucheron : réorienter, ce n'est pas réécrire, ce n'est pas imposer… C'est sans doute même un verbe plus souple que le « redresser » de Barthes, avec son passé de pensionnat et de discipline. Derrière l'apparente non-violence du terme se cache le risque que cette entreprise soit difficilement repérable. Comment savoir ce qui, dans la mise en récit que je peux faire de ma vie ou de celle des autres, est en réalité une émanation d'un pouvoir en place bien plus que l'émergence de ma propre parole ? Je n'ai que des pistes, pas franchement de certitudes. Dans *Mythocratie*, le philosophe Yves Citton cherche à comprendre les fonctionnements de ce « pouvoir apparemment "doux" (*soft power*) qui insinue, suggère et stimule, plus qu'il n'interdit, ordonne ou contraint » grâce à ses capacités séduisantes de « scénarisation ». Si l'on s'appuie sur une lecture bipartisane de la vie politique[49], il est évident pour Yves Citton qu'un camp a réussi bien plus que l'autre son entreprise de scénarisation : « S'il y a bien une omniprésence des histoires dans les discours politiques où baigne notre époque, force est de constater que ce sont dans leur grande majorité des histoires "de droite" ». Yves Citton évoque plusieurs raisons à ce déséquilibre, et notamment une méfiance de la gauche intellectuelle envers les scénarisations dans leur ensemble, une volonté de ne pas (se) raconter d'histoires.

49. Ce qui est mon cas mais je ne peux pas savoir ce qu'il en est de vous.

Je passe un peu vite[50] sur ces explications pour me concentrer sur le pouvoir de contagion des récits dominants qu'il décrit :

> « La droite (sécuritaire, néolibérale, xénophobe) est parvenue à répandre un ensemble ouvert mais relativement cohérent d'histoires, d'images, de faits divers, d'informations, de statistiques, de slogans, de peurs, de réflexes et d'objets de débat qui se nourrissent mutuellement au sein d'un "imaginaire de droite". La (douce) force de cet imaginaire a été telle qu'il a rapidement colonisé les discours de nombreux dirigeants de partis se revendiquant pourtant officiellement de "la gauche". »

Un des exemples les plus flagrants de cette mise en récit contagieuse se trouve, à mes yeux, dans la façon dont les différents gouvernants français parlent depuis des décennies de la pauvreté, discours que l'on retrouve parfois chez les premiers concernés[51]. Le récit que j'évoque ici consiste à raconter la pauvreté comme un échec imputable à celui ou celle qui n'a pas réussi « à s'en sortir » et il est intimement lié à la vieille figure du héros, toujours capable, toujours puissant : « Quand on veut

50. Ce ne sera pas la première fois.
51. Ce n'est pas tout à fait surprenant : « Le pouvoir, c'est non seulement de raconter l'histoire de l'autre à sa place, mais de rendre cette histoire définitive », déclarait Chimamanda Ngozi Adichie dans la conférence TED que j'ai citée plus haut.

on peut. » Il est aussi lié à cette berceuse pour enfants affolés que seule la causalité rassure : celui-là a réussi *parce qu'*il a bien travaillé à l'école et celle-là a échoué *parce qu'*elle a été paresseuse. Le lien est simple, rassurant. Il peut déployer ses corollaires : si « quand on veut, on peut », alors les gens qui ne se sortent pas de la pauvreté ne le veulent tout simplement pas et s'ils ne le veulent pas, c'est que les aides de l'État ont rendu leur pauvreté confortable. Il faut donc les supprimer afin que les pauvres, enfin aiguillonnés, se sortent de leur condition…

Ce récit me rend furieuse, à la fois pour ce qu'il est et parce que je suis obligée de reconnaître qu'il s'est imposé et que plus il se répète, plus il acquiert de possibilités d'être répété – dévastatrice boule de neige devenue avalanche. Il est capable d'incorporer chaque jour de petites anecdotes qui viennent encore le faire grossir. Comme le rappelle Yves Citton : « Le grand assaut de l'administration Reagan contre l'État-providence a pris comme fer de lance la révoltante histoire de la Welfare Queen : *Il était une fois* une RMIste photographiée au volant d'une Cadillac alors que les valeureux ouvriers pouvaient à peine se payer leurs billets d'autobus. » On peut trouver une version plus actuelle et bien française de cette histoire dans la déclaration de Jean-Michel Blanquer sur France 3, fin août 2021 : *Il était une fois* des parents pauvres et indignes qui attendaient l'allocation de rentrée pour s'acheter des écrans plats[52]. Ces récits, qu'ils convoquent une Cadillac ou une télévision, ont les mêmes effets (largement traités par le sociologue Denis Colombi dans un livre passionnant *Où va l'argent des pauvres*) : me convaincre que les pauvres ne savent pas dépenser leur argent, décrédibiliser le système d'aides sociales, me rendre imperméable aux difficultés financières exprimées par certaines catégories de la population. Même s'ils ne s'impriment pas en moi de manière immédiate ou totale, ils font exister un système d'échos et de liens, susceptible de produire ensuite des associations d'idées, comme celle du pauvre-profiteur. Toute entreprise de contre-scénarisation devra prendre le soin de les invalider avant de proposer autre chose, ce qui exige un effort et un temps non négligeables. Virginie Despentes, dans un entretien pour le magazine *Society*, a violemment critiqué la manière dont cette vision de la précarité a complètement perverti l'adaptation télévisée de son roman *Vernon Subutex* qui commence par la clochardisation d'un disquaire parisien :

> « Ils n'avaient aucune idée de rien, la seule chose à laquelle ils tenaient, c'était que Vernon doive plus de deux ans de loyer. Et tu leur dis : "Mais pourquoi est-ce que

52. Il n'a évidemment pas raconté cette histoire ainsi et, comme je ne voudrais pas qu'on m'accuse d'avoir déformé ses propos, je vous les cite : « On sait bien, si on regarde les choses en face, que parfois il y a des achats d'écrans plats plus importants au mois de septembre qu'à d'autres moments. »

vous voulez qu'il doive deux ans de loyer ? C'est très rare de rester deux ans sans se faire expulser, dans un logement en plein Paris !" Ça, c'est vraiment une vision du prolétariat par la bourgeoisie : non seulement les mecs se foutent dans la merde pendant deux ans sans bouger, sans bosser et en étant irresponsables, en ne payant pas ce qu'ils doivent, mais en plus leur première réaction quand ils se font virer de quelque part, ces enculés, c'est d'aller demander de l'argent à l'État. »

La première représentation (pauvre-profiteur) est si bien ancrée, si puissante qu'elle est capable de réécrire un roman qui raconte la pauvreté de manière opposée[53], possiblement sans même s'apercevoir du formidable et terrifiant pouvoir de digestion des récits disparates qu'elle déploie. Ce n'est plus une avalanche, c'est le blob…

Après des années de recherche sur la Hongrie au XXe siècle pour *Sombre Dimanche* et sur les relations franco-algériennes pour *L'Art de perdre*, j'ai fait de mon côté un constat tout simple : s'il n'y a qu'une seule histoire à raconter pour

53. Si on lit ce qu'a écrit Despentes au lieu de plaquer une autre représentation sur son personnage, la précarité de Subutex, c'est celle d'un des maillons de l'industrie musicale, et plus précisément du disque, qui s'effondre à la fin des années 2000, et c'est aussi celle du locataire à Paris quand, passé un certain âge, seuls ceux qui ont hérité d'un appartement survivent dans la capitale.

un groupe, c'est que la version des dominants a englouti celle des dominés, c'est qu'on a effacé les histoires des minorités, éliminé les vécus divergents pour ne pas qu'ils fassent désordre. Susan S. Lanser, dont je parlais plus haut, remarque – comme en passant – dans « Vers une narratologie féministe » que « la polyphonie est plus présente dans les textes de femmes et dans les récits d'autres groupes dominés », c'est-à-dire chez celles et ceux qui savent, ont fait l'expérience que lorsqu'on n'entend qu'une seule voix, c'est toujours celle du plus fort. Au lieu de chercher à produire un récit unifié, lequel a trop longtemps été l'instrument des maîtres, l'écrivain et philosophe Édouard Glissant proposait d'embrasser le multiple et de voir le romancier comme un rassembleur : « Il faut quelqu'un pour rabouter ensemble les morceaux éparpillés de tant d'histoires qui apparemment décarquillent alentour sans aucun pariage entre elles. »

Pour éviter que le récit devienne un fourre-tout dont les efforts de contre-scénarisation sembleront vains face à la séduction des récits unifiés, je trouve important d'insister sur les notions de « pariage » et de « raboutage » qu'utilise Glissant et qui permettent de former un ensemble de ce qui s'éparpille – permettent, là aussi, de créer de l'ordre dans le chaos. Une des portées politiques les plus évidentes que je trouve au roman, c'est celle de faire des liens entre des sous-groupes sociaux distincts qui se méconnaissent, soit que le livre les juxtapose au sein d'une même fiction, soit que l'un de ces groupes constitue le lectorat et l'autre les personnages. Dans le premier cas, la notion de pariage est évidente. Dans le deuxième cas, il s'agit plutôt de construire des ponts vers des milieux professionnels, des classes sociales, des régions ou des pays qui me/nous demeureraient inconnus si la lecture ne permettait pas leur fréquentation. C'était déjà ce que Balzac plaçait en avant-propos de *La Comédie humaine* : « La société ne fait-elle pas de l'homme, suivant les milieux où son action se déploie, autant d'hommes différents qu'il y a de variété en zoologie ? Les différences entre un soldat, un ouvrier, un administrateur, un avocat, un oisif, un savant, un homme d'État, un commerçant, un marin, un poète, un pauvre, un prêtre sont, quoique plus difficiles à saisir, aussi considérables que celles qui distinguent le loup, le lion, l'âne, le corbeau, le requin, le veau marin, la brebis, etc. » Il faut donc un système d'études de chacune de ces variétés pour que tous et toutes puissent se connaître. Ce vœu de Balzac – que le roman soit cette étude – a pris pour moi une puissance nouvelle à l'époque à laquelle j'ai commencé à écrire ce passage. Entre l'été 2020 et l'été 2021, le gouvernement et le président de la République ont porté et fait voter une loi contre le séparatisme (dont le nom officiel est « loi confortant le respect des principes de la République »). D'après Jean Castex, il s'agissait d'« éviter que certains groupes ne se referment autour d'appartenances ethniques ou religieuses », d'après Gérald Darmanin, de lutter contre un phénomène qui « gangrène notre unité nationale »[54]. L'arsenal déployé est entièrement répressif. Et bien sûr, le séparatisme y est toujours celui des autres. Dans certaines sphères, le séparatisme s'appelle avoir « un réseau », le cultiver, ou avoir uniquement de « bonnes fréquentations » : il ne tombe pas sous le coup de la loi. Or, si j'enrageais en écoutant parler les porteurs de ce projet de loi, c'est que je vois bien les séparations qui existent au sein d'une société : elles sont sociales, politiques, géographiques, religieuses, sexuelles, générationnelles. Comme si celles-ci ne suffisaient pas, la pandémie en a créé de nouvelles, la politique sanitaire du gouvernement aussi… Je vis dans la complète ignorance des conditions de vie d'une immense partie de mes compatriotes, et inversement. Comme la narratrice de *Sans alcool*, la nouvelle d'Alice Rivaz que j'ai déjà mentionnée, je pourrais déclarer : « Ce que je regrette, ce sont ces omissions, ces murs, ces frontières dont ma vie, comme une carte, a été parcourue en tous sens. » Je sais que, parce que j'ignore le minutage de tant d'autres existences et la matière réelle de leurs jours, je peux leur faire du tort : acquiescer à une critique qui les vise, ne pas me sentir touchée par un projet de loi qui les contraint… Je sais aussi que je n'aurais pas le temps, même si c'était mon but, de les rencontrer tous et toutes, d'apprendre de leur bouche, par leur fréquentation régulière. Alors je lis pour décloisonner.

54. Je m'arrête avant de citer à nouveau Jean-Michel Blanquer.

Je lis pour « abolir le scandale qui consiste à n'avoir qu'une seule vie », pour reprendre la belle expression de Vincent Message.

Ce n'est pas forcément évident : si je n'applique pas à mes lectures une recherche délibérée d'ailleurs, je peux me retrouver à lire les mêmes vies majuscules, celles des toujours actifs, des classes déjà privilégiées par leurs divers capitaux (économique, culturel, social) et que la fiction privilégie encore en les replaçant au centre d'une majorité de récits... Un article de la revue en ligne *Frustration* propose le terme de *bourgeois gaze* pour décrire la manière dont le cinéma « impose une vision bourgeoise du monde ». La littérature française n'est pas, n'a jamais été en reste sur cette question[55]. De façon paradigmatique, le roman français contemporain est empli d'écrivains, d'éditeurs, de professeurs et d'avocats. Je ne jette pas la pierre aux autres : j'ai moi-même écrit un roman truffé d'universitaires et trois dans lesquels figure un auteur. Mais si je cherche bien, le pays de la fiction m'offre aussi, sans doute de plus en plus, des profils différents, des rencontres variées.

Une de mes plus belles lectures de ces dernières années a été celle de *L'Autre Moitié du soleil*, de Chimamanda Ngozi Adichie, un roman dans lequel se croisent des personnages issus de

55. Ça ne signifie pas qu'elle est uniquement recroquevillée sur cette classe sociale – on a vu, par exemple, depuis une dizaine d'années une production littéraire qu'on pourrait qualifier de « littérature de transfuges » ou de « roman transclasse » –, mais que celle-ci y est surreprésentée.

différentes classes sociales, ethnies et nationalités. On y rencontre des sœurs jumelles issues de la bourgeoisie igbo, dont l'une est universitaire et l'autre business-woman, un professeur de maths révolutionnaire, un jeune *boy*, arrivé de la campagne et placé dans la maison de maîtres qu'il ne comprend pas, et un journaliste anglais, le seul homme blanc du roman, qui rêve d'écrire un livre sur les poteries, ou peut-être pas sur les poteries, mais un livre en tout cas, et qui voudrait bien ne pas être confondu avec les anciens colons racistes. On est au milieu des années 1960, un coup d'État a lieu, puis un autre, plus violent encore. Les Igbos, victimes de massacres effroyables, décident de s'affranchir du régime en place : le Biafra proclame son indépendance face au Nigeria. En racontant la guerre qui s'ensuit, le roman présente une société qui se clive et se déchire violemment, tout en tenant ensemble, réunis dans ses pages, les êtres disparates. Adichie opère un phénomène de *pariage* qui permet que le roman appartienne à ceux qui pensent la situation politique comme à celles qui ne peuvent que l'éprouver, à ceux qui s'en vont, à celle qui disparaît, à ceux qui bénéficient de la violence, à ceux qu'elle diminue, et si les personnages n'ont pas l'opportunité de lire, chacun et chacune, les chapitres consacrés aux autres, moi lectrice je le peux et c'est ma traversée, après l'acte d'écriture d'Adichie, qui fait *une* société de ces vécus disparates. « La médiation romanesque déconstruit les cloisonnements qui nuisent à notre désir de vivre ensemble, écrit

Vincent Message. En confrontant des milieux aux valeurs divergentes, le roman pluraliste offre une ouverture sur d'autres logiques de pensées auxquelles il ne nous fait pas accéder par la mise en circulation d'arguments rationnels (...) mais en misant sur notre intelligence émotionnelle. »

Cependant, il ne s'agirait pas de s'émerveiller sans réserve de ce que peut cette ouverture. Vincent Message le note lui-même : le procédé a ses limites, toujours plus proche de la *conscience* de l'ailleurs que de l'*expérience* de l'ailleurs. Il n'est pas non plus certain que cette conscience provoque des bouleversements dans ma manière de vivre : certes, quelque chose dans le regard que je pose sur le monde s'est déplacé ou affûté après telle ou telle lecture, mais ce déplacement peut ne jamais se transcrire en action. Il peut d'ailleurs n'avoir lieu qu'entre les personnages et moi, me rendant sensible aux sorts d'êtres fictifs mais pas à leurs « alter ego » réels. Comme le dit Jacopo Belbo, le personnage du *Pendule de Foucault* de Umberto Eco, pour celles et ceux qui passent leur vie dans les livres, « Hamlet est plus réel que notre concierge »... Il y a deux ans, j'ai marmonné au micro d'Augustin Trappenard, dans l'émission *Boomerang*, que je préférais passer mes soirées avec de bons romans qu'avec des humains médiocres. Et dès que j'ai prononcé cette phrase, j'ai su qu'elle ne m'aurait jamais échappé s'il avait été un peu plus tard dans la journée et que j'avais bu le demi-litre de café qui m'est nécessaire pour éclaircir mes idées.

Cette phrase n'est pas fausse, mais elle est problématique : d'abord, il n'est pas évident qu'en l'entendant, les auditeurs et auditrices comprennent que je m'inclue dans cette humanité médiocre (ma compagnie m'ennuie et, dans mes jours de grande fatigue, je ne la souhaite à personne). Ensuite, je n'en fais pas une fierté (Regardez, je *lis* ! Admirez la supériorité de ma pratique culturelle sur les vôtres), c'est plutôt quelque chose qui m'effraie. Je pense que c'est la raison pour laquelle la phrase a surgi dans le flou de la matinée, légèrement tremblée : la peur que lire me coupe d'autres expériences et rencontres, que pour chaque ouverture que permet le pays de la fiction, il existe un pan de réalité à laquelle je retire mon attention et qui m'échappe...

La plupart du temps (quand je suis du bon côté de la ligne de démarcation tracée par le café du matin), je considère que la « conscience de l'ailleurs » que permettent les fictions, quand bien même elle ne serait pas suivie de changements, est un apport précieux. J'ai déjà eu l'occasion de le dire lors d'un entretien croisé avec Faïza Guène pour *Mediapart* en 2020 : jusqu'à ce que je lise son roman, *La Discrétion*, je n'avais rencontré le terme « burkini » que lors de débats lancés le plus souvent par des élus d'extrême droite. Je ne connaissais personne qui en ait porté, je n'en avais jamais vu sur une plage bretonne. Le terme flottait dans mes pensées, rattaché à rien. Le livre de Faïza Guène se termine par une scène où Yamina, la mère de famille, se baigne pour la première fois de sa vie dans une piscine, en burkini donc, harnachée d'une ceinture à flotteurs, accrochée d'abord craintivement à ses enfants puis à une frite en mousse. Quelques pages plus haut, Faïza Guène écrivait brièvement une autre scène d'eau vécue par Yamina : « Ses pires souvenirs, ce sont les bains-douches publics de la rue Henri-Barbusse. Yamina tentait de corrompre la gardienne des cabines en lui donnant une pièce de 2 francs, parfois de 5, pour quelques minutes d'eau en plus, juste pour avoir le temps de finir de rincer ses filles, leurs longs cheveux surtout, c'est ce qui prenait le plus de temps. À cause de la panique du *temps réglementaire en cabine de douche*, Yamina s'était résolue à les leur couper, la mort dans l'âme. » Et à présent, Yamina est *dans* l'eau, dans cette piscine qui n'a pas de gardienne tambourinant à la porte pour lui intimer de sortir, « personne à des kilomètres à la ronde », et elle rit et « elle bat un peu des jambes pour se donner l'illusion de nager » dans son « burkini manches courtes bicolore Black&Green à 23,89 euros ». Cette scène arrache le mot « burkini » à ceux qui le brandissent comme un épouvantail et le restitue à celles qui le portent. Je ne peux pas dire que je *connais* désormais une femme qui porte un burkini pour se baigner mais je sais que chaque fois que j'entendrai prononcer ce mot désormais, je penserai à Yamina et je me demanderai pourquoi on n'entend pas les Yamina de ce monde sur le sujet.

Je suis presque parvenue à la fin de ce chapitre et une manière de le résumer serait d'affirmer que je crois, avec Michel Butor, que « la littérature est toujours engagée, même si elle est "naïve", c'est-à-dire qu'elle ne s'en doute pas ». Je ne veux pas que mes livres puissent donner une seule seconde l'illusion que le monde comme il est me va, que je m'en accommode, voire que je m'en satisfais. Alors j'écris encore et encore sur ce qui me semble insupportable – et parfois j'ai l'impression que je cherche à ne pas oublier moi-même mon insatisfaction en écrivant. Ce n'est pas forcément un choix que j'ai fait librement et dont je pourrais tirer une fierté : je sais, ou je pressens, que je me sentirais trop coupable, trop privilégiée si je faisais autrement. « L'écrivain se sent coupable d'être inutile, inactif, improductif, oisif, entretenu, coupable d'écrire dans la langue des dominants, dans celle des colonisateurs, coupable d'être passé de l'autre côté, coupable de trahir les valeurs des siens, coupable d'être fasciné par des enfantillages, coupable de jouir de fins plaisirs, alors que l'injustice, la guerre, la famine, etc. », écrit Sophie Divry dans *Rouvrir le roman*. C'est pour cela que les auteurs et autrices exagèrent beaucoup, selon elle, la portée politique de leurs textes et du geste même d'écrire. On se raconte, par exemple, qu'une œuvre dont la forme est révolutionnaire est forcément révolutionnaire dans le fond. Et on s'appuie sur Sarraute dans *L'Ère du soupçon* pour s'en persuader : « Les œuvres qui cherchent à se dégager de tout ce qui est imposé, conventionnel et mort, pour se tourner vers ce qui est libre, sincère et vivant, seront forcément tôt ou tard des levains d'émancipation et de progrès. » Mais on peut trouver d'autres citations moins rassurantes, et Sophie Divry se tourne vers Carlos Fuentes, dans *Géographie du roman* :

> « Combien de fois, enfin, l'engagement politique n'a-t-il pas été confondu avec la victoire assurée des bonnes intentions ? Il suffisait d'un roman dénonçant l'oppression d'un mineur bolivien pour que ce dernier se trouve ipso facto libéré ainsi que tous les mineurs du continent. Ces livres, hélas, ne sauvèrent ni le mineur – qui ne se sauvera que par l'action politique – ni la littérature – qui ne dut son salut qu'en joignant aux exigences de la cité les exigences de l'art. »

Lorsque j'écris, j'alterne entre une vision de moi dans laquelle je suis agissante et auréolée de flammèches et une vision de moi où je n'apparais que comme inutile et planquée. C'est pour cela que je veux écrire seule, le plus possible, pas seulement enfermée dans une chambre à moi mais loin de ceux et de celles que j'aime. Je ne sais pas de quelle vision je vais hériter au sortir d'une journée d'écriture et quand c'est la deuxième qui me saisit, je suis triste, de mauvaise compagnie. Je passe extrêmement rapidement du « Je n'ai pas pu écrire » à « Écrire n'a aucun pouvoir ». À quoi ça sert, tout ça ? À rien. Est-ce que j'ai sauvé un mineur bolivien ? Non. Alors ce sont des heures perdues ?

C'est le genre de pensées qui me retombent sur le coin de la figure au moment où je crois que je vais parfaitement bien et, alors que je suis lancée dans une activité totalement anodine – mettons que je me brosse les dents ou que je descende l'escalier en portant le panier à linge sale –, tout à coup quelque chose se déchire, se dé-cohère. À quoi ça sert ? Ce ne serait pas grave de répondre « à rien » si écrire était tout ce que je voulais faire de ma vie. Mais ce n'est pas le cas. Je rêve de fêtes, de projets partagés, de conversations qui ne finissent pas, de longs après-midi à nager dans la mer avec des amis. Je repense à la fin d'*Une activité respectable*, de Julia Kerninon, qui rappelle qu'avant que ses livres soient publiés, elle a décidé de les écrire, d'en écrire d'autres qui n'ont jamais vu le jour, et qu'elle s'est coupée d'une partie du monde pour travailler des phrases dans son coin, sans savoir ce que ça donnerait mais en sachant ce qui existait au dehors de l'appartement, de sa solitude et du bruit des touches de clavier, pleinement consciente de ce qu'elle ratait pour pouvoir écrire : des mois ou des années de la vie d'une jeune femme. « J'aurais voulu qu'il y ait quelqu'un pour me voir, un livre à la main, retranscrivant mes notes, cent pages de notes, milles pages de notes, des heures sans m'arrêter, j'aurais aimé que quelqu'un voie mon travail solitaire et ma ténacité dans la tempête », écrit-elle quelques années plus tard dans *Toucher la terre ferme*. Nous savons ce que nous mettons de côté, ce à quoi nous tournons le dos, mais nous ne savons pas vraiment pour *quoi*. Je ne lâche ni la brosse à dents ni le panier à linge sale, je continue sur ma lancée mais la journée est foutue. La journée ressemble désormais à cette chanson de Pétula Clark que ma petite sœur m'a fait découvrir.

Et j'attends que quelque chose vienne
Mais je ne sais qui, je ne sais quoi.
J'ai envie d'aimer, j'ai envie de vivre
Malgré le vide de tout ce temps passé
De tout ce temps gâché
Et de tout ce temps perdu.
Dire qu'il y a tant d'êtres sur la terre…

Et encore, penser que les écrits ne servent à rien, ce n'est pas le pire. Il y a parfois un autre doute qui arrive, une suspicion qui me fait mal, ou me fait me sentir sale, les cheveux comme devenus immédiatement graisseux et collés aux tempes. Elle prend plus ou moins la forme de cette phrase de Romain Gary : « La réalité de ceux qui souffrent nous *inspire* ; cette inspiration, directement, ne leur rend rien » (*Vie et mort d'Émile Ajar*). Ce n'est donc pas simplement que je suis inefficace et inutile face à la misère du monde, c'est que je m'en nourris et que j'en tire des bénéfices (droits d'auteur, reconnaissance, etc.), tout en prétendant qu'écrire une vie ignorée, c'est forcément lui rendre un service ou sa dignité[56].

---

56. Je viens de taper « roman » + « rendre leur dignité à » et de me laisser ensevelir sous les résultats. Si les romans avaient vraiment ce pouvoir, la société française presque

« En fait, les individus à l'état isolé, silencieux, sans parole, n'ayant ni la capacité ni le pouvoir de se faire écouter, de se faire entendre, sont placés devant l'alternative de se taire ou d'être parlés », analysait Pierre Bourdieu dans « La délégation et le fétichisme politique ». Quand j'écris, je parle ces individus isolés, c'est moi qui les parle, avec tous les risques que cela comporte : que je les déforme, les instrumentalise, les folklorise. La seule manière dont je pourrais me défaire de cette peur, ce serait d'embrasser entièrement mon statut d'artiste-gangster, comme le faisait William Faulkner. Je vole et je mens parce que je crée, voilà, c'est tout. Mais je déteste cette image, cette excuse posée en amont de toutes les crasses que je pourrais faire, ce maquillage d'un comportement qui pourrait porter bien d'autres noms que celui d'artiste. La fiction me permet d'éviter le vol dans sa forme la plus pure, la plus dure, et de me responsabiliser : tout ce qui sera raté dans les prises de parole des personnages, c'est à moi que je le dois. Je n'ai pas le droit de me cacher derrière de prétendus modèles.

---

tout entière serait drapée de sa dignité retrouvée puisque, si j'en crois Google, celle-ci a été rendue, au fil des livres, aux femmes violées, brisées ou rêveuses, aux détenus, aux pendus et autres condamnés à mort, aux enfants handicapés, aux individus ordinaires, aux prostituées, aux morts et aux corps, aux ouvriers, aux enfants de la guerre, mais aussi à « tous les laissés-pour-compte » – ce qui doit faire beaucoup – et « aux humiliés », qui sont peut-être inclus dans la catégorie précédente mais pas forcément...

MORRISON : Il y a cette impression chez les artistes – les photographes plus que les autres, et les écrivains – qu'ils se comportent comme des succubes… ce procédé qui consiste à prendre quelque chose qui est vivant et à l'utiliser pour son propre plaisir. On peut le faire avec les arbres, les papillons ou les humains. Construire une petite vie pour soi en pillant les vies des autres est une grande question et elle a des implications morales et éthiques. Dans la fiction, je me sens plus intelligente, et plus libre, et plus enthousiaste quand mes personnages sont entièrement inventés. C'est une partie du plaisir. S'ils sont construits à partir de quelqu'un d'autre, d'une drôle de manière, c'est un non-respect du copyright. La vie de cette personne lui *appartient*, elle a un brevet dessus. La fiction ne devrait pas pouvoir s'en servir.

La mise en relation

Ce que raconte Tristan Garcia sur les rapports hommes-femmes dans les livres de sa jeunesse, ce que dit Toni Morrison sur les amitiés féminines, ou sur le centre qui écrase toujours la marge, ce que disent le pariage, le raboutage et les ponts évoqués au-dessus, c'est toujours une seule et même chose, finalement : il y a des récits qui mettent en relation et d'autres qui échouent à le faire ou qui répètent des formes de relations inégalitaires, convenues, oppressives, tronquées. S'il y avait un message diffusé dans les haut-parleurs de la douane, avant l'entrée en territoire de fiction, il ressemblerait, curieusement, à celui des assurances ou des banques jointes par téléphone. Il promettrait : *Patientez quelques instants, vous allez être mise en relation…* Ce que je cherche, sans doute, depuis le début de cet ouvrage, au-delà des techniques narratives, ce sont des récits qui me permettent d'entrer en relation avec des êtres qui me sont inconnus et me deviendront proches, tout comme des récits qui *leur* permettent – à l'intérieur de la fiction – des relations riches, complexes et fragiles.

Quand j'ai commencé à écrire ce livre, Emmanuel Macron venait d'annoncer le premier confinement et de déclarer, dans son discours du 16 mars 2020, que nous étions *en guerre*. Il l'avait martelé à six reprises : en guerre contre la pandémie, contre le coronavirus... La rhétorique martiale était étrange pour moi qui me retrouvais, surtout, *en panne*. J'ai pensé qu'elle s'était imposée par une sorte de facilité, presque par habitude : le conflit est une des formes de relation qui se déploient fréquemment dans les récits dont nous sommes bombardés (filons la métaphore guerrière). Lorsque surgit l'altérité au pays de la fiction, le face-à-face tourne souvent au corps-à-corps. À la manière des boissons de fast-food, le conflit est disponible en plusieurs tailles : Jean Valjean contre Javert (un contre un), les mousquetaires du roi contre les gardes du cardinal (bande contre bande), ou encore Georges Duroy contre la société parisienne dans son ensemble (un contre tous). Alors, contre un virus, pourquoi pas ? Ce ne serait qu'une autre variation... *Nous sommes en guerre*, c'était simple à comprendre. Je l'avais entendu d'autres bouches présidentielles auparavant, de celle de George W. Bush après le 11-Septembre, de celle de François Hollande après le 13-Novembre. Je l'avais aussi entendu dans *Pacific Rim*, dans *La Revanche des Sith*, dans *300*, *Mulan*, *Le Discours d'un roi*, *A Most Violent Year*... Parfois, la phrase n'était pas prononcée mais l'affrontement avait lieu quand même. Dans le cinéma d'action, le conflit est la structure narrative de base, si bien qu'on peut résumer un *James Bond* ou un *Mission impossible* par la simple désignation du Grand Méchant du film, ou même par l'acteur qui joue le Grand Méchant : « Le 5, c'est celui où Ethan Hunt affronte le Syndicat », « *Skyfall*, c'est contre Javier Bardem ». Le conflit, lui aussi, tient du blob : il bouffe tout sur son passage, il ingère les autres éléments narratifs et les affaiblit, les recrache sans couleur et sans forme. Quand j'ai découvert l'adaptation télévisée de *Sherlock Holmes* avec Benedict Cumberbatch, j'ai été surprise par la place prépondérante donnée à Moriarty, l'ennemi juré du détective. L'affrontement entre les deux personnages devient l'élément structurant des deux premières saisons, une véritable colonne vertébrale narrative, alors que dans les livres, le personnage n'apparaît que dans deux des soixante aventures de Holmes. J'ai pensé avec amusement (et un peu de compassion, aussi) que le vrai désir d'Arthur Conan Doyle, en créant Moriarty, avait été de pouvoir tuer Sherlock Holmes afin de passer à autre chose, d'écrire enfin des romans sérieux, ce par quoi Doyle voulait dire des romans historiques. C'était juste une manière de se débarrasser de son héros, un petit tour de passe-passe narratif, assez maladroit, somme toute : j'invente un ennemi surpuissant et je raconte qu'il a toujours été là, secrètement, même dans les aventures précédentes où son nom n'apparaît pas. Et voilà que, cent trente ans plus tard, porté par la puissance de séduction d'un bon vieux conflit en *one to one*, Moriarty devient l'exact inverse : la raison d'être de Holmes, et l'horizon de tout le récit...

Les exemples que je viens de donner pourraient laisser penser que la structure conflictuelle n'est utilisée comme base de la narration que dans les histoires d'hommes. Ce n'est bien sûr pas le cas. Une immense partie des comédies romantiques et des films de campus centrés sur des héroïnes que j'ai vus mettent en scène la compétition d'une femme contre une autre et leur affrontement plus ou moins sournois : *Lolita malgré moi*, *Le Mariage de ma meilleure amie*, *La Revanche d'une blonde* ou *Grease*... Comme dans les films testostéronés, on y trouve l'élaboration de stratégies visant à mettre l'ennemi à bas, des pièges, des revirements de situations et, assez souvent, des courses contre la montre. La différence, c'est que l'articulation des deux types de relations fondamentales dans la narration ne se fait pas dans le même ordre. Dans les films à héros, le conflit est majeur et, au fur et à mesure de ses péripéties, ouvre toujours la porte à une relation sexuelle ou amoureuse. Dans les films à héroïnes, la relation sexuelle ou amoureuse est majeure et c'est elle qui déclenche le conflit[57].

---

57. Il y a également beaucoup moins d'armes à feu puisque, comme le disait Toni Morrison, les personnages féminins ont tendance à utiliser « les armes des faibles » et à persifler plutôt qu'à sortir un revolver.

Je regarde encore ce genre de films. Et même, je retiens ma respiration, j'apprécie un retournement final d'un « Naaaaan » tout à fait sincère, je jubile quand les motos s'envolent, quand un hélicoptère pourchasse un train dans un tunnel, quand un baiser vient sceller la victoire. Le malaise, léger mais persistant, arrive un peu plus tard. Qu'est-ce que je viens de voir encore ? Des femmes qui se déchirent pour conquérir un homme à qui personne n'a demandé son avis et qui semble avoir laissé son souci de l'autre sur la table de la cuisine en partant travailler. Des types qui tuent d'autres types, au nom de la patrie, de la liberté ou de leur fidèle épouse... Mais pourquoi j'ai fait ça ? Et pourquoi on m'a raconté ça ? Pourquoi en 2020, 2021, 2022, quelqu'un s'est dit que c'était ça, l'histoire à raconter ?

Je ne veux plus qu'on me martèle que *nous sommes en guerre* pour m'appâter. Comme l'écrit Vincent Message : « Nous sommes devenus phobiques devant certains torses bombés, devant certaines manifestations traditionnelles de la virilité et de la volonté de puissance. Le type d'adversité qu'on rencontre dans le monde moderne nous paraît réclamer d'autres façons de faire. Nous commençons d'admirer la souplesse plus que la force ; la volonté de survivre, quitte à fuir ou à se transformer, et plus seulement la capacité de vaincre. »[58] La réalisatrice Céline Sciamma allait encore plus loin dans

---

58. Il n'est guère surprenant, donc, que le même Vincent Message, dont j'aborde uniquement les écrits théoriques

son entretien croisé avec Annie Ernaux pour la revue *La Déferlante*, en 2021 : « On est, hélas, trop habitué.es aux dynamiques de conflit qui font avancer les récits. En tant que réalisatrice, j'essaie de travailler d'autres narrations parce que je constate que mon regard a été hanté par des passages obligés pour faire fiction. (...) C'est ce qui m'intéresse dans l'égalité : que se passe-t-il si deux personnes sont d'accord ? Qu'est-ce qu'on raconte ? (...) Quelle fiction on tisse ? » Je n'en ai pas rencontré assez pour avoir une réponse mais je suis de plus en plus touchée par les films ou les romans qui, sans se départir entièrement du conflit, présentent des personnages qui essaient de bien faire, essaient d'entendre l'autre, de le laisser exister au lieu de s'arc-bouter sur des postures antagonistes. C'est ce qui fait à mes yeux le charme d'œuvres aussi différentes que le film de Pierre Salvadori *En liberté*, la série *Sex Education* ou le roman de Magda Szabo *La Porte*, que je relis régulièrement depuis quelques années. Ce livre, traduit par Chantal Philippe, est entièrement construit autour de la relation entre deux femmes : la narratrice, une écrivaine bourgeoise, et Emerence, la concierge de l'immeuble. Le conflit n'y est pas absent, les deux femmes ont parfois des disputes formidables (parce qu'Emerence a donné de la bière au chien ou sur ce que signifie le kitsch en art), mais ce que raconte

---

depuis le début de ce livre, ait écrit un roman intitulé *Défaite des maîtres et possesseurs*.

le roman, tout du long, c'est une relation entre deux femmes, infiniment plus complexe que la compétition ou la lutte. C'est l'histoire d'un amour qui n'est pas vraiment filial, pas vraiment amical, qui se construit peu à peu, par des actes discrets ou dans d'intenses moments de crise, un amour qui se fige parfois, qui recule brusquement, se lasse par instants et s'émerveille de lui-même à d'autres. C'est une histoire de confiance lentement gagnée puis brutalement perdue, de limites posées et déplacées sans cesse. Tout, ou presque, se déroule entre l'appartement de la narratrice et le seuil de la loge ; la ville tient en une rue ou deux, mais vingt ans s'écoulent, par petits bonds, entre la rencontre des deux femmes et la mort d'Emerence[59]. Les corps vieillissent, le décès ou la maladie frappent les proches, la relation évolue en conséquence. La narratrice ne sera jamais certaine de l'avoir bien comprise, d'avoir été à la hauteur de ses enjeux, de pouvoir dire qu'elle sait qui était Emerence. Elles ont pourtant avancé mêlées. L'autrice américaine Ursula K. Le Guin énonçait calmement : « Le conflit, la compétition, la tension, la lutte peuvent être considérés comme des éléments nécessaires à un ensemble. Pour autant, on ne peut pas définir cet ensemble comme conflictuel ou harmonieux, puisque son objectif n'est ni la résolution ni la stase,

59. Je considère que ce n'est pas un spoiler parce que cette mort est annoncée dès l'ouverture du roman ainsi qu'en quatrième de couverture.

mais la poursuite d'un processus. » *La Porte* est une des histoires possibles de ce processus.

Je n'ai parlé jusqu'ici que de liens institués entre personnages humains. Or, la mise en relation se fait aussi, parfois, avec d'autres êtres vivants. Dans *My Lord You*, une nouvelle de James Salter que je trouve extrêmement troublante, elle a lieu entre une femme, Ardis, et un grand chien noir. Je me rappelle avoir pensé, la première fois que j'ai lu ce texte, que le chien était forcément un symbole, qu'il représentait son maître, Brennan, le poète alcoolique pour qui Ardis éprouve une attirance dégoûtée, ou la part animale d'Ardis, trop longtemps occultée par son masque de bonne épouse. C'était forcément un symbole, comme Moby Dick, sinon pourquoi est-ce que je m'intéresserais à un chien, même très grand ? J'avais partiellement tort : le chien de *My Lord You* est un symbole *et* un chien. Salter trouve apparemment un plaisir immense à écrire-chien, à s'attacher à cette vie canine, à ses mouvements, à son rythme. Il a fallu que j'apprenne à les lire sans chercher autre chose. Il n'y avait pas eu beaucoup de place, jusque-là, dans mes lectures pour ceux que la philosophe écoféministe Donna Haraway appelle « des êtres-autres-qui-comptent » ; mes rencontres, mes métalepses rêvées étaient forcément interhumaines. Reprendre ici l'expression de Haraway au lieu d'écrire, tout simplement, « des animaux » n'est pas une façon de placer une énième citation dans un livre qui en est déjà truffé. Cette manière de les nommer m'interpelle immédiatement parce qu'elle me paraît porter en elle un geste d'écriture : déterminer ce qui compte. Écrire un roman, c'est décider de ce qui a de l'importance, guider l'attention vers certains points au détriment des autres. Comme le rappelle, avec un laconisme qui me fait sourire, l'écrivain indien Amitav Ghosh : « Si les romans n'étaient pas construits sur un échafaudage de moments exceptionnels, les écrivains seraient confrontés à la tâche borgésienne de reproduire le monde dans son intégralité. » Il y a donc un choix, un cadrage, un aiguillage du regard qui est fait, chaque fois. Pour tout paragraphe que vous lisez dans un de mes romans, il y a mille paragraphes que je n'ai pas écrits et qui raconteraient quelque chose qui se déroule hors du cadre. Et, dans les mille paragraphes que je n'ai pas écrits et que vous n'avez, forcément, pas lus, se cachent probablement toute la faune et la flore qui manquent ailleurs.

Cette quasi-absence – que je questionne beaucoup depuis que je me suis installée dans un petit village[60] des Côtes d'Armor – est due à de multiples raisons. J'ai mis du temps à appréhender la faune, la flore ou le climat comme autre chose que des obstacles. Les grenouilles de l'étang à la saison des amours, la pluie et la boue de mon enfance campagnarde étaient des limitations de mon agentivité : incapacité à se concentrer, impossibilité de sortir, etc. Le bruit,

60. Ce n'est pas une expression toute faite, une résurgence de mes lectures des albums d'*Astérix*. Le village est vraiment… petit. Il n'y a pas d'autre manière de le dire.

les vrombissements, les piqûres aussi, le gluant, le froid et mouillé m'agaçaient, m'effrayaient, me donnaient l'impression d'être attaquée. Par ailleurs, dans les livres, une fois passé le temps des lectures enfantines pleines de forêts profondes et d'animaux géants, la faune et la flore apparaissaient très peu[61], ou alors dans une sorte d'Ailleurs lointain qui paraissait presque fantastique : le Grand Nord de London, le Congo de Conrad, le Kenya de Kessel... Pour un lion surgi de loin en loin, je recevais cinquante gratte-ciel. Par mes lectures, je connais mieux Paris, New York ou San Francisco, les trottoirs et les buildings, les réverbères et les bars, les hôtels et les jetées noires de monde que les bois ou les prés et leurs multiples habitants.

Sombre Dimanche le reflète bien : c'est un roman entièrement centré sur la ville, sur Budapest. À l'exception de quelques chats de gouttière, la « nature » est renvoyée à un temps ancestral, presque mythique, l'époque à laquelle l'étrange maison des Màndy a été construite, avant que les rails l'encerclent. Les bâtiments, eux, portent le poids de l'Histoire, ils m'aident à faire traverser le XXe siècle à la famille que je raconte. Ils donnent un effet de réel. J'avais presque, en écrivant, une tentation balzacienne : arrêter la narration pour décrire un meuble pendant dix pages. Tout, dans un décor construit par l'humain, parle de la même chose que la narration principale : il y a un

61. Il y a bien un perroquet nommé Loulou dans *Un cœur simple*, de Flaubert, mais il est en cage puis empaillé.

mouvement de convergence vers les personnages. Les violettes ou les serpents d'eau, eux, ne se plient pas aussi facilement à la trame. Je les ai laissés dehors.

Dans *Juste avant l'oubli*, l'île écossaise fictive où se retrouvent Franck et Émilie le temps d'un colloque universitaire est un décor à l'ancienne, au sens où elle a la facticité des châteaux et des forteresses de carton-pâte dans les films de Michael Curtiz. Elle sert à donner un cadre dramatique aux déambulations de Franck et à rendre hommage aux polars de ma bibliothèque. Il y a une île parce que j'ai lu Agatha Christie puis Peter May. Il y a une île comme il aurait pu y avoir un train.

C'est au moment de *L'Art de perdre* que j'ai commencé à réfléchir davantage à la présence de la faune et de la flore, à cause de la question du temps (sur laquelle je reviendrai). Ce que je comprenais au fur et à mesure de l'écriture, c'était qu'Ali et sa famille avaient d'abord habité une forme de temps dont ils n'étaient pas maîtres pour de nombreuses raisons : un temps qui dépendait des saisons, des arbres, de l'état des routes ou du gonflement des torrents après la pluie. Après l'arrivée dans une petite ville de France, le travail à l'usine pour le père, l'école pour les enfants, ils se retrouvaient à habiter un temps qu'ils ne maîtrisaient pas davantage mais dont le découpage était une pure convention. Par ailleurs, ce temps – grâce à la mise à l'écart des cycles naturels – pouvait être répété à l'identique tout au long de l'année. C'est pendant l'écriture de ce livre que je suis repartie vivre à la campagne. En parallèle de mes lectures sur la culture de l'olivier pour comprendre ce que le temps des arbres dictait au temps des hommes, j'ai commencé à jardiner et à observer les oiseaux.

Comme un empire dans un empire en porte la trace puisque j'y ai glissé mon rouge-gorge (le possessif ici ne fait pas du rouge-gorge ma chose, il indique que c'est un rouge-gorge précis, le rouge-gorge perché sur le granit de mon jardin, pas un autre, pas un rouge-gorge en général mais bien celui-là, qui est un rouge-gorge assez vilain, par ailleurs, carrément ventru et avec un plumage ébouriffé en toutes circonstances qui donne l'impression qu'il a une coupe mulet).

> « Il sautille sur la branche d'un noisetier et même si l'oiseau paraît ne rien peser du tout, l'arbuste souple ploie sous chacun de ses mouvements minuscules. Une seconde plus tard, il s'est envolé. L n'a pas vu le moment où il quittait la branche, elle n'a saisi que la diagonale qui menait l'oiseau hors de son champ de vision. »

Et, au-delà de ce rouge-gorge, il y a la volonté de porter de l'attention à ce qui, jusque-là, avait eu si peu de place dans mes livres, d'écrire que *ça* compte, même si je le connais mal encore.

> « Jusque-là, elle s'est contentée de désigner l'ensemble des bêtes et des plantes par le nom paresseux de "nature", c'était bien suffisant. Sa mère a essayé pourtant, quand

L était petite, de lui donner la curiosité de ce qui n'était pas le béton. Après quelque temps, elle a arrêté de l'emmener au jardin botanique parce que L s'emmerdait ostensiblement devant les plantes étiquetées et même devant les petites chèvres qui enthousiasmaient les autres enfants en venant manger au creux de leur main. (...) À son arrivée ici, elle s'est sentie envahie, presque attaquée par les formes de vie toutes proches. Aujourd'hui, elle se sent toujours envahie mais elle peut distinguer des modes d'invasion différents, une vague connaissance qui fait que le mot "nature" se révèle incapable de désigner les réalités qui l'entourent. Le bois, avec ses châtaigniers et ses chênes, n'est pas, ne fait pas la même chose que les prés. Les prés aux graminées folles et aux petites fleurs vives ne sont pas la même chose que le potager. Il faudrait apprendre les noms de tout ce qui s'étend de part et d'autre des draps étendus, se dit L. »

Si l'acte de lire est, selon les mots de Marielle Macé cités plus haut, une entrée en débat avec d'autres formes d'être, d'autres façons de se tenir dans le temps, rien n'impose que ces formes d'êtres soient uniquement humaines. C'est d'ailleurs ce que l'autrice développe dans *Styles*, en appelant avec Francis Ponge à des écrits qui fassent *sortir de la rainure* de l'humain, qui puissent reconnaître et accueillir ces styles autres, ces manières différentes de traverser le monde. Il ne s'agit pas de prétendre écrire du point de vue d'un animal ou d'une éponge[62] mais de donner de la place à leurs modalités d'existence. Marielle Macé cite le poète Jean-Christophe Bailly : « La surprise infinie qu'il y ait là un être et qu'il y ait cette forme qui est aussi une tension et une chaleur, un rythme et un saisissement : de la vie a été attrapée et condensée, a fini par se trouver une place dans un recoin de l'espace-temps. » Dans *Habiter en oiseau*, Vinciane Despret propose un but à l'éthologie, en reprenant les propos de l'anthropologue Eduardo Viveiros de Castro : « Ce n'est pas la tâche d'expliquer le monde à autrui mais bien celle de multiplier notre monde », de rendre compte des « manières d'éprouver, de sentir, de faire sens et de donner de l'importance aux choses ». Il pourrait s'appliquer, sans en changer une virgule, à ce que je cherche aujourd'hui au pays de la fiction. Je l'ai trouvé, il y a quelques années, quand mon ami A. m'a offert *Une année à la campagne*, de Sue Hubbell (traduit par Janine Hérisson, au nom merveilleux). Dans ce récit autobiographique, l'autrice raconte sa vie dans les monts Ozark après qu'elle a quitté la ville puis que son mari l'a quittée, entourée par les abeilles, les chauves-souris, deux chiens, quelques araignées ou une grenouille. Le texte se déploie en saisons, il ne

62. Si c'était le but fixé, je me recroquevillerais sur la citation de Proust selon laquelle « l'homme est l'être qui ne peut sortir de soi, qui ne connaît les autres qu'en soi, et, en disant le contraire, ment » et je n'en bougerais plus.

suit pas les années humaines mais commence et se termine au printemps, chaque saison accueillant des petits récits qu'on peut rarement dater. Ce qui importe, c'est la manière dont les saisons forment les vies végétales, animales ou humaines sur le terrain de Hubbell et permettent différents tressages entre elles.

« Le plus curieux chez les aoûtats, du point de vue des humains, c'est notre propre réaction à leur égard. Quand un aoûtat commence à se nourrir aux dépens de notre corps, celui-ci réagit à outrance en déclenchant tout un bataillon de sonnettes d'alarme, allergie provoquant des démangeaisons que nous grattons furieusement. Cette réaction ne sert à rien, ni pour nous ni pour les aoûtats. Ceux d'entre nous qui ont la chance d'avoir acquis une certaine accoutumance aux aoûtats leur servent calmement d'hôtes et ne se grattent pas. Et l'aoûtat n'a aucun avantage non plus à provoquer cette allergie : nous nous grattons avant qu'il soit repu et, ce faisant, nous le tuons en général.

Réfléchissant à cette curiosité, Gerald William Krantz, éminent acarologue, déclare : “… Le violent besoin de se gratter manifesté par l'homme… reflète un manque d'adaptation au rôle d'hôte.” En d'autres termes, tout cela est une Terrible Erreur.

C'est l'un des puzzles biologiques que je trouve réconfortants – embrouillés, non résolus, venant nous rappeler que les résultats ne sont pas encore tous trouvés, que nous ne possédons pas encore les formes définitives, toutes les réponses. Nous sommes encore en voie d'évolution, les aoûtats, les humains et tout le reste. »

Plus récemment, *Plasmas*, de Céline Minard, m'a offert une expérience de lectrice hors de la rainure humaine et hors de toute situation de conflit (ou presque), ce qui est rare dans un ouvrage de science-fiction. Chaque chapitre abrite, indépendamment des autres, des situations d'hybridation ou d'entremêlements[63] entre espèces : créatrice de chevaux-loups, robots étudiant des acrobates, personnage-semblable-à-un-paresseux presque fondu dans son arbre... *Plasmas* se déroule dans un futur indéterminé, situé assez clairement après une catastrophe dont on ne saura pas grand-chose. Ce que murmure le livre, c'est que dans le monde d'après, il y a une disparition du tout-humain et que celle-ci se passe non dans l'angoisse, mais dans une sorte de volupté : « Sans heurt, sans perte, sans rien qui serve et rien d'inutile. Ils ne se blessaient pas. » J'ai lu le livre d'une traite, un après-midi d'automne, et quand je l'ai refermé, j'avais l'impression d'être ivre, ensuquée par les descriptions.

Retour au printemps 2020. Dans les murs, derrière des étagères de livres qui ne les

63. Des relations, en fait, mais je ne voudrais pas trop me répéter.

mentionnent pas, le trottinement des souris se fait entendre quand la nuit tombe et, en le suivant de l'oreille, je me figure des manières de se déplacer dans la maison qui me sont inconnues et impossibles, des sauts ou des chutes, des ascensions. Le matin, je passe beaucoup de temps à observer le jardin, à traîner avec une tasse de café à la main entre deux réunions en ligne (l'après-midi, j'essaie d'écrire). Certains habitants ne m'apparaissent que par leurs traces, comme le blaireau qui vient retourner la mousse pendant la nuit pour se gaver d'insectes et de larves ou les chevreuils qui arrachent les écorces des jeunes arbres que j'ai plantés et qui meurent d'être trop appétissants. Les oiseaux, eux, sont visibles et très occupés. On est au printemps donc, forcément, ça séduit, ça bâtit, ça se glisse dans les nichoirs, ça traverse vingt fois l'espace avec des matériaux de construction dans le bec. Je regarde mon rouge-gorge solitaire, les pinsons en couple, les grives musiciennes qui lancent des appels à n'en plus finir, le merle que chaque déplacement de la voiture semble rendre fou (ou heureux ?), les énormes pies aux reflets métallisés. J'admire les altercations en vol des mésanges bleues dont les dessins d'Alessandro Pignocchi ont fini par me faire croire qu'elles étaient toujours à deux doigts de déclencher une émeute ou de saboter une voie ferrée… Je pense à cet article que j'ai lu il y a peu et qui m'apprenait qu'une espèce d'oiseaux sur sept est menacée d'extinction ou a déjà disparu, que 40 % d'entre elles sont en déclin. Au moment où ils disparaissent, je voudrais que la fiction les nomme. Ça n'empêchera sûrement pas leur disparition mais ça la rendra plus visible. Ça permettra qu'ils manquent au plus grand nombre. Je ne peux pas m'empêcher de penser que si tant d'espèces ont pu disparaître, c'est qu'elles manquaient déjà au pays de la fiction et que leur absence criait qu'elles étaient quantité négligeable, qu'elles pouvaient disparaître et que le monde continuerait à exister, comme les petits mondes des romans, capables de tourner sans oiseaux, sans insectes, sans mammifères, sans arbres ni herbe...

Je ne voudrais pas donner l'impression qu'à l'ère des bouleversements climatiques la fiction est cantonnée à la déploration. Certains changements, vus de manière égoïstement narrative, me paraissent être de formidables réservoirs d'écriture (« Le monde est fait pour aboutir à un beau livre », Mallarmé). J'ai, par exemple, découvert récemment les travaux du philosophe Glenn Albrecht sur la solastalgie – un terme qu'il a formé à partir des mots *solace* (« réconfort » en anglais), désolation et nostalgie. Albrecht a observé chez les habitants de la Hunter Valley, en Australie, la tristesse et l'anxiété liées à la dégradation de leur environnement, pollué par une industrie minière intense. Dans ces paysages transformés, ils sont désormais privés du réconfort que procure le fait de se sentir chez soi. « Je définis la "solastalgie" comme la douleur ou la détresse causée par une absence continue de consolation et par le sentiment de désolation provoqué par l'état actuel de son environnement proche et de son territoire. Il s'agit de l'expérience existentielle et vécue d'un changement environnemental négatif, ressenti comme une agression contre notre sentiment d'appartenance à un lieu », écrit Glenn Albrecht dans *Les Émotions de la Terre* (traduction Corinne Smith). Le philosophe français Baptiste Morizot applique ce concept à notre condition face aux métamorphoses dues au changement climatique. La solastalgie est, selon lui, une forme de « nostalgie d'un foyer pourtant bien présent, mais qui fuit sous les pieds, sans qu'on l'ait quitté un instant ». L'humain est désormais « plus stable que son milieu », incapable de reconnaître les paysages où il a grandi, les espèces animales et végétales qui l'entouraient jusqu'alors, l'effet régulier d'un cycle saisonnier sur les uns et les autres. C'est un « exil immobile », source à la fois d'une immense tristesse et d'une nouvelle rencontre, sans bouger, avec l'ailleurs ou l'autre. La même minuscule portion de monde peut devenir de l'inexploré et réveiller l'attention : elle appelle à être racontée encore et encore pour tenir compte de tous les changements qu'elle connaît. Les manières de la raconter s'extraient du récit canonique, du roman *as usual*, au sens où elles demandent de nouvelles échelles temporelles, la reconfiguration d'un certain rapport au temps. À la manière de Sue Hubbell choisissant le cycle des saisons plutôt que le défilement d'années numérotées, il faut peut-être choisir d'aller de tempêtes en tempêtes, en incendies ou en inondations…

Chaque année qui passe avance de dix, quinze ou vingt ans un ou plusieurs bouleversements annoncés. Les horizons temporels n'arrêtent pas de sauter, les échéances bondissent à rebours du calendrier. Comment écrire ça ? Je me pose des questions qui ne m'étaient jamais apparues jusque-là. Je me demande si certains outils vont tomber en désuétude. La prolepse, par exemple, un de mes procédés préférés, employé abondamment par Magda Szabo comme par John Irving, et qui consiste à se projeter brusquement dans l'avenir de la narration (en gros, c'est l'équivalent du flash-forward au cinéma). Comment la manier si le futur paraît trop incertain, bouché ou menaçant (comme il l'était pour moi pendant le confinement, comme il l'est chaque fois que je pense au réchauffement climatique ou au capitalisme mondialisé) ? Il sera encore possible de l'utiliser depuis des récits dont la trame se situe dans le passé : si mes personnages se trouvent, mettons, en 1997, je peux tout à faire écrire : « Ils se dirent au revoir. Ils ne savaient pas qu'ils ne se reverraient que dix ans plus tard, par hasard, sur le parking d'un supermarché. » Mais si je veux écrire sur 2022, comment pourrais-je prolepser sereinement, alors que le milieu de mes personnages « n'est plus stable » et qu'il n'y aura peut-être, littéralement, plus de saisons dans leur futur, plus d'îles Kiribati ni de Cap Canaveral... ?

Amitav Ghosh écrit, dans *Le Grand Dérangement* (traduction de Morgane Iserte et Nicolas Haeringer, paru en 2021) : « J'en suis venu à reconnaître que les défis que pose le changement climatique à l'écrivain contemporain, bien que spécifiques sur certains aspects, sont aussi les produits de quelque chose de plus profond et de plus ancien ; qu'ils dérivent ultimement de l'ensemble des formes et conventions littéraires qui ont façonné l'imagination narrative précisément durant la période où l'accumulation de carbone dans l'atmosphère réécrivait la destinée de la Terre. » Le roman moderne est construit autour d'un espace et d'un temps limités : « Un décor nécessite généralement une "période" ; il est actualisé en fonction d'un horizon temporel donné. Contrairement aux épopées qui se déroulent souvent sur des ères longues et des éternités, les romans s'étendent rarement sur plus de quelques générations. La longue durée n'est pas le territoire du roman. » J'en rencontre de plus en plus qui s'y essaient, pourtant. Ainsi, *Le Grand Vertige*, de Pierre Ducrozet, paru en 2020, s'ouvre en deux, après cent trente pages, pour tracer rapidement une histoire du pétrole :

> « Tout est noir. Au fond des océans, là, tout en bas, l'infini prend comme dans l'espace une teinte d'ébène absolu. Ça frémit de toutes parts, tout vit partout mais dans l'obscurité à nos yeux, quand les poissons voient à plusieurs mètres grâce à leurs rétines hypersensibles. Ici, au plancher des mers, du plancton vient toutes les minutes se déposer, mort, rejeté par les courants. Il s'accumule là, patiemment. La Terre

est jeune encore. Lentes couches, après couches, après couches. Des poussières de poissons morts, de milliers d'organismes en décomposition viennent s'ajouter chaque jour, se mêlant aux sédiments argileux des fonds marins ; se déposent aussi des bactéries vivant sans oxygène dans ces abysses et qui se ruent, voraces, sur cette masse de plancton et de restes de poissons, jusqu'à former une grande pâte visqueuse. »

Et l'histoire se poursuit ainsi, sur la grande échelle temporelle : « des milliers d'années passent », l'homme apparaît à la surface de la planète qui n'est plus si jeune, d'autres milliers d'années passent encore « dans cet intérêt mesuré, puis lentement indifférent, pour le poisseux liquide.

Et puis tout à coup on s'agite.

On est en pleine révolution industrielle. »

La course au pétrole commence. « On creuse, on fait craquer la terre, on l'éventre, le pays entier résonne de billets qui se froissent et qui se glissent dans les poches. » L'échelle temporelle rétrécit à partir de là, on oublie les millénaires et on saute d'année en année, de mois en mois, d'une date de signature de contrat à une autre. La fresque qui s'était ouverte sur la vie frémissant partout se racornit et se dégrade pour terminer sur une figure minable de négociant en pétrole : l'infini a été mis à portée des barils.

Amitav Ghosh, lui, donne un autre exemple de roman qui s'est essayé à la longue durée :

Villes de sel, de l'auteur jordanien Abdel Rahman Mounif, une pentalogie écrite dans les années 1980 dont chaque tome compte quatre cents à six cents pages. Là aussi, c'est le pétrole qui paraît avoir dicté cette dilatation de la « période » romanesque canonique puisque Ghosh considère que l'œuvre raconte pour la première fois la Rencontre du Pétrole (les majuscules sont de Ghosh). Cependant, ce qu'il choisit d'aborder est moins le contenu ou la portée du roman que la dureté de sa réception par la critique occidentale, et notamment l'article écrit en 1988 par le romancier multiprimé John Updike qui a déclaré, après sa lecture :

> « Il est regrettable, au vu du potentiel épique de son sujet, que M. Mounif (...) semble être (...) insuffisamment occidentalisé pour produire un récit qui ressemble beaucoup à ce que nous appelons un roman. Sa voix est celle d'un récitant au coin du feu de camp : ses personnages sont rarement fixés dans notre esprit par un visage, une expression ou une motivation claire ; aucun personnage principal ne dégage une réalité suffisante pour susciter notre empathie ; et (...) les conflits et les possibilités qui émergent restent tranquillement irrésolus. Il n'y a presque aucun sens de l'aventure morale individuelle – où un individu évoluant se débat à forces à peu près égales dans une lutte instable avec

les circonstances de la vie (...). *Villes de sel* s'intéresse plutôt à la masse des hommes. »

Je ne m'étendrai pas sur le racisme tranquille d'Updike (« il s'est insuffisamment occidentalisé » ? Pardon ?) et je ne peux pas défendre l'œuvre de Mounif car je ne l'ai pas lue : elle est peut-être tout à fait ennuyeuse. Ce que je veux souligner ici, c'est qu'on retrouve dans la critique d'Updike les termes de conflits et d'aventure : ceux-ci sont la base même du roman, son essence. Or, un récit qui voudrait raconter des phénomènes globaux ne peut pas être l'histoire d'un héros formidable, lancé à l'aventure et prêt à casser des gueules. Personne ne bottera le cul au réchauffement climatique. Ça devra se raconter autrement et peut-être que, dans ce grand chantier-là, la fiction occidentale est loin d'avoir toutes les cartes en main. Le « centre », trop sûr que sa manière de raconter est la bonne, aurait intérêt à se tourner vers « les marges ».

Peut-être aussi que raconter autrement signifie qu'il faudrait replacer du ou des collectifs au sein même de l'acte d'écriture. Il n'y a pas d'aventure d'écriture collective qui ait fait date dans l'histoire du roman. Vincent Message le soulève dans sa thèse, Sophie Divry va plus loin et souligne qu'il y a même une dissolution des groupes et des écoles qui avaient pu, un temps, fédérer les écrivains. La doxa voudrait que « pour que l'écrivain soit *libre*, il faut qu'il soit *seul* ». Cette solitude de l'écriture me paraît parfois pesante, voire vaine, face à la diversité des modes d'existence et d'action que je voudrais raconter. Que ce soit pour le cinéma, la télévision, et encore plus pour le théâtre, j'ai eu l'occasion d'écrire à plusieurs, de travailler sur des textes circulants et mouvants, de les voir augmentés, réduits ou éventrés par d'autres, de pouvoir partir d'une phrase à laquelle je n'aurais jamais pensé seule pour développer une prise de parole. Le romancier, lui, « reste un individu minuscule qui s'attelle à la figuration de problèmes collectifs d'une masse écrasante », écrit Vincent Message. Certes, il est (je suis) nourri(e) par la bibliothèque du monde qui va toujours augmentant, ce qui n'est pas rien, mais peut-être que cette écriture en solitaire est une autre conséquence ramifiée de la figure du héros qu'il faudrait abolir.

Attends, attends…

Ça ne va pas, là,

Si ?

Non, ça ne va pas. Ça ne me va pas.

J'avais dit que je n'allais pas écrire un essai mais je me retrouve, malgré tout, à considérer certaines de mes envies comme des digressions, à avoir peur que mon livre se comporte mal. Peut-être que je me fais rattraper par une forme ancienne qui pèse sur moi, que je ne sais pas *si j'ai le droit*, une fois encore. Ça pèse très lourd, une forme ancienne. Surtout une forme ancienne que l'on comptait ne pas écrire…

Moi, ce que j'avais en tête, ce que je voulais, c'était une promenade.

On n'aurait pas forcément marché au même pas, à la même vitesse, vous et moi. Vous m'auriez trouvée traîne-la-patte par endroits et détestablement rapide à d'autres mais on aurait quand même cheminé ensemble.

Je voulais vraiment que ce livre se comporte comme une promenade.

Et pour le prouver, au dernier moment, je vais faire un détour.

Mon problème avec *Avatar*

Depuis la sortie du film de James Cameron, en 2009, je rumine la frustration que son visionnage a provoquée en moi et l'impression qu'il commet une douloureuse trahison du pacte narratif. Lorsque le film commence, il paraît vouloir s'affranchir du schéma actanciel classique, lequel propose un héros lancé dans une quête donnée, un opposant principal (« the Big Bad Guy », en termes hollywoodiens) et une poignée d'adjuvants et d'opposants secondaires, généralement peu développés. *Avatar* débute puis se développe sur l'idée que l'action, ici, ne pourra être pensée que de manière collective. S'il y a deux camps assez facilement identifiables (les Na'vis bleus de Pandora d'un côté, le consortium militarisé qui envoie les humains exploiter la planète de l'autre), ceux-ci sont des réseaux (des rhizomes ?) qui ne sont jamais présentés comme placés sous l'autorité d'un leader unique. Le consortium n'a pas de visage, mais des dizaines d'employés dont un petit comité scientifique, dirigé par Sigourney Weaver, qui travaille sur les… avatars, évidemment. Comité que va rejoindre Jake Sully, ex-marine devenu paraplégique, qui joue ici le rôle du « candide », très utile pour les scénaristes puisqu'il permet aux autres personnages de fournir les explications dont les spectateurs ont besoin au moins autant que Jake Sully. Quant aux Na'vis, ils s'avèrent être connectés à toutes les formes de vivants présentes sur la planète : ils vivent en symbiose avec les plantes, les animaux, les insectes et peuvent à peine être considérés comme des organismes distincts au sein de leur biotope. C'est une manière de raconter l'histoire qui semble répondre à la crise écologique que connaît la société humaine au moment où Cameron réalise le film et à celle que connaît la planète Pandora, éventrée pour livrer son minerai, dans la fiction : on ne s'en sortira pas en compartimentant les choses, en ne considérant les conséquences des actions humaines qu'à une échelle restreinte qui empêche de voir les changements massifs qu'elles provoquent. C'est d'ailleurs ce qui est moqué dans le personnage de Parker Selfridge, employé par le consortium : il s'entête à penser que les Na'vis peuvent être déplacés loin de l'endroit où est installé leur clan – au-dessus d'un énorme gisement. Pour Selfridge, on peut prendre les choses ici et les reposer là, on peut dédommager ou replanter, on s'arrange toujours quand on y met du sien. Sa pensée est présentée comme stupide et cynique puisque Pandora forme un tout, un holobionte, et que le modifier, par quelque angle que ce soit, c'est l'amoindrir, voire le détruire. De l'holobionte extraterrestre, on verra les formes de vies les plus diverses, pistils luminescents, ptérodactyles turquoise, félins géants aux gueules d'étamines, lianes serpentines, mousses aériennes, et bien sûr chevelures-ethernet qui permettent de se câbler à l'unité centrale qu'est Eywa, la divinité Na'vi de la nature. Il est un peu dommage que cette volonté de décentrer les narrations trop humaines ne fournisse pas à Jack Cameron une occasion de passer le test de Bechdel. Il n'existe qu'une scène de conversation entre deux personnages féminins, celle où Neytiri parle avec sa mère, qui n'est pas nommée, et la conversation porte sur Jake, donc sur un homme. Le décentrage fournit surtout au réalisateur de quoi jouer avec la 3D et les pollens luminescents flottent dans la salle de cinéma. Je ne sais pas si c'est beau – une grande partie de ce biotope est kitsch ou trop référencée – mais c'est ce qu'on me donne comme cadre pour comprendre l'histoire et je l'accepte. Aux deux tiers du film environ, les employés du consortium décident que la voie scientifico-diplomatique développée par Sigourney Weaver (qui a une classe extraordinaire et fume des clopes comme si elle n'avait jamais entendu parler de la loi Évin[64]) est trop lente à produire le moindre résultat : les créatures bleues n'y mettent pas du tout du leur et refusent le principe du dédommagement. Selfridge (le civil) et Quaditch (le militaire) décident donc de lancer une attaque militaire sur le clan Na'vi. On ne va pas continuer à financer des recherches à perte, les actionnaires veulent leurs

64. Ou comme si elle bivouaquait avec Sylvain Tesson ?

dividendes, les n+1 parlent de gel des salaires, prière d'envoyer les hélicos *asap*. En dépit de tout ce qui m'a été raconté sur les réseaux, les connexions, la symbiose et la complexité des liens, *Avatar* se résout, dans les dernières minutes, par un duel entre deux humains mâles testostéronés : la caricature de virilité militaire qu'est le colonel Quaditch et la caricature de « virilité bienveillante » qu'est Jake Sully[65]. Moi, à ce moment-là, j'ai l'impression qu'on se fout de ma gueule. D'autant plus que cette scène de bagarre convoque les répliques les plus clichées du genre, comme ce

Let's get this done.
(articulé à l'excès)

Mais aussi ce très beau dialogue :

JAKE SULLY *(tragique mais conciliant)*
It's all over.

QUADITCH *(toujours articulant à l'excès)*
Nothing 's over while I'm breathing.

JAKE SULLY *(léger et mordant)*
I kinda hope you'd say that[66].

---

65. C'est à peu près la même chose que l'autre sauf que cette virilité-là sert à défendre les orphelins, à porter les valises trop lourdes et que ses champions n'ont pas de balafre.
66. « Passons aux choses sérieuses. »
« Tout est fini. » / « Tant que je serai vivant, rien ne sera fini. » / « J'espérais bien que tu répondrais ça. »

Certes, les animaux se lancent aussi dans la bataille et déciment les troupes de Quaditch, mais ceux qui ont du temps d'action à l'écran, ce sont les deux hommes, avec leurs gueules déformées par l'effort et filmées en gros plans. Certes, Neytiri, la princesse Na'vi, essaie de participer, mais, alors qu'elle est extrêmement douée jusque-là, elle se retrouve écrasée par sa monture, c'est trop bête. Certes, Jake Sully est à ce moment-là dans son avatar et donc il est un peu trop bleu pour être un *white savior* classique, mais le combat, lui, a bien lieu en face à face et toute théorie rhizomique est oubliée. Il y a un héros et il y a un *Big Bad Guy* qui n'a plus comme ligne psychologique que celle d'être méchant (d'ailleurs, il a une balafre). Par le biais d'une étrange mise en abyme, il me semble que le film de Cameron ploie soudain sous la même logique que celle qui régit le consortium (les méchants, donc !) : on a dépensé trop d'argent pour cette fable écologique (plus de 230 millions de dollars), les actionnaires (ou les studios ? ou Cameron lui-même ?) veulent être sûrs d'en récupérer une partie et préconisent donc de donner quand même au public les bonnes vieilles scènes qu'il pourra reconnaître et savourer, prière d'envoyer les hélicos *asap*. À chaque fois, je hurle à la trahison. Il était temps que je l'écrive.

FINIR

« Il est toujours difficile de finir quelque chose. Pourquoi le souligner comme Beethoven qui gâche cinq minutes en accords finaux ? Toute son œuvre est empreinte de cette préoccupation finale. Je n'aime pas les conventions : qu'un roman doive avoir une fin, par exemple. »

Silvina OCAMPO,
Entretiens avec Silvina Ocampo (1982)

Comment finir un livre est une vraie question pour moi. Celui-là, évidemment, mais tous mes livres, en général, même ceux que j'ai rêvés sans jamais les écrire.

Dans la bande dessinée *Saison brune*, Philippe Squarzoni compare le sentiment qui l'envahit à la fin d'un livre à « la honte de la victoire » évoquée par Lawrence d'Arabie. Il ne détaille pas la manière dont il fait sienne cette expression et je ne veux pas parler pour lui. Je ne parle donc que de moi ici en disant que j'ai reconnu à mon tour quelque chose dans l'expression de l'officier britannique : l'impression qu'un livre n'est jamais vraiment terminé puisque toujours perfectible et que, si je décide qu'il l'est (terminé), je me fais le cadeau de la facilité. Ou alors que j'ai choisi en amont cette facilité – mon projet était trop simple, pas assez ambitieux, sinon je serais encore occupée à me colleter avec lui... J'ai vaincu sans péril, me dis-je en allumant une cigarette, or la littérature doit être le contraire de ça, n'est-ce pas ? On en revient à ce que m'ont enseigné les Vrais Mecs de la Vraie Littérature, à peu près la même chose qu'Iggy Pop : *Gimme danger*. Ce soir, alors que je voulais arrêter d'écrire pour la journée (il est 20 h 03), j'ai attrapé un livre de Nicolas Bouvier qui traîne dans la maison qu'on m'a prêtée pour la semaine et j'ai lu, presque aussitôt : « On ne peut pas écrire un bon livre sans se saigner presque à mort. » Est-ce que je me suis autant saignée sur celui-là ? Et pourquoi est-ce que c'est la première question que je me pose, au lieu de me demander si je suis d'accord avec cette affirmation ?

Dans *Juste avant l'Oubli*, j'avais mis en exergue d'un chapitre cette citation de Roberto Bolaño, tirée d'une de ses interviews : « La littérature ressemble énormément à un combat de samouraïs. Mais un samouraï n'y affronte pas un autre samouraï : il se mesure à un monstre. La plupart du temps, il sait bien qu'il sera vaincu. Avoir le courage, alors que vous savez à l'avance que vous perdrez, de sortir vous battre : voilà ce qu'est la littérature. » C'est une phrase qui parfois me rassure (je n'ai pas à gagner) et qui m'angoisse souvent : si je passe mon temps à perdre contre le dragon, sans en mourir, alors c'est que le combat n'a pas de fin. Comment un livre pourrait-il donc en avoir une ?

Plus prosaïquement, disons que j'ai écrit ce livre de manière strictement ordonnée et que j'achève son écriture avec le chapitre que vous êtes en train de lire[67]. Je suis donc à quelques pages de la fin. Je vais finir. Mais si je regarde les pages de mon carnet sur lesquelles j'ai noté, pêle-mêle, toutes les suggestions de lectures qu'on a pu me faire lorsque je parlais de ce travail en cours, je suis bien obligée d'admettre qu'il y en a certaines que je n'ai pas suivies. Je n'ai pas lu *Les Potentiels du temps*, recommandé par F. il y a quelques semaines et, au moment où j'écris cette phrase – il faut me croire, à ce moment précis –, je reçois un mail du même F. qui m'écrit : « Je t'ai parlé de *Les Potentiels du temps* de Camille de Toledo, Aliocha Imhoff et Kantuta Quiros. Et aussi, je crois, de *Lire interpréter actualiser : pourquoi les études littéraires ?* d'Yves Citton. Un petit livre assez drôle dans la forme et dans le fond m'est revenu en mémoire, tu le connais sans doute : *Ce livre* de Guy Bennett. Tu dois déjà avoir une bibliographie considérable sur le sujet mais bon nous avons commencé à parler de ces questions et ça me plaît bien. » Je dois rendre mon manuscrit

67. Bien sûr, ce n'est pas vrai, ou du moins ce n'est pas exact : après avoir écrit ce chapitre, j'ai retravaillé beaucoup de passages en amont.

dans deux semaines, je sais que je ne lirai pas ces livres. J'ai également ignoré plusieurs de mes propres recommandations : j'avais prévu de relire *Lector in fabula*, d'Umberto Eco, par exemple, et je ne l'ai pas fait. On m'a envoyé très gentiment, et sur ma demande, les actes d'un colloque sur le transhumanisme en littérature et je ne l'ai pas terminé, je l'ai à peine feuilleté. Par ailleurs, j'ai, comme à mon habitude, ouvert il y a deux ans un fichier texte qui s'appelle « choses à placer dans le livre », dont je supprime au fur et à mesure les citations ou les idées que j'ai, effectivement, réussi à placer, mais il n'est pas vide, à l'heure où j'écris ces lignes. Il y reste, par exemple, cette citation de Nicolas Mathieu : « Pour moi, le style doit réunir trois qualités : désigner le monde avec un rapport d'identité maximale entre les mots et la chose (qu'on se dise à chaque fois "Ah mais oui, c'est ça !") ; produire des affects en transgressant des habitudes (la transgression est nécessaire, sinon on ne produit pas de musique) ; ne pas s'exhiber. » Et je devrais essayer de la placer parce que cette citation me rappelle que je n'ai pas parlé de style dans ce livre, que j'ai fait l'impasse. Je devrais, je ne le ferai pas.

Dans mes notes, il y a aussi cette citation du philosophe Jacques Rancière, tirée de l'émission radiophonique *À voix nue* : « L'écriture est la manière à travers laquelle des gens qui en principe ne sont pas destinés à la politique, à s'occuper de la communauté, entrent dans l'univers d'une parole qui n'est plus celle de la voix animale qui exprime, mais qui est celle de la parole qui rend apte à participer au commun. » Je ne l'ai pas effacée. J'ai continué à penser qu'elle finirait par s'insérer quelque part. Maintenant, elle flotte, un peu perdue au milieu du fichier.

Alors qu'est-ce que ça veut dire : ce livre est fini ?

C'est une sensation et puis, à force, une certitude : je l'abîme si je continue.

Mais je ne peux pas simplement refermer le fichier au moment où cette sensation apparaît, au milieu d'un paragraphe, d'une phrase. Il faut, malgré tout, pousser un peu l'effort, conclure. Quelle forme donner à une fin ? J'ai quelques textes inachevés dans les replis de plusieurs disques durs et une petite dizaine de livres que j'ai terminés, ou déclarés finis. Ils ont souvent des fins ouvertes et *L'Art de perdre* a carrément une fin qui refuse d'être une fin : Naïma « n'est *arrivée* nulle part au moment où je décide d'arrêter ce texte, elle est mouvement, elle va encore ».

Je crois que les fins offertes par de nombreuses fictions font partie des éléments narratifs qui ont le plus orienté et faussé ma compréhension de la vie humaine, de notre rapport au temps. Elles m'ont donné l'illusion que les actions ou les épiphanies sont décisives, les décisions toujours prises *pour de bon* et que nos existences font plateau lorsqu'on atteint un certain stade de maturité ou de bonheur : « Ils vécurent heureux et eurent beaucoup d'enfants. » À partir de ces fictions, je me suis créé une image de la vie qui ressemble au schéma ci-dessous, formé le long d'un axe horizontal temporel et d'un axe vertical plus flou mais qui devait sûrement être qualitatif :

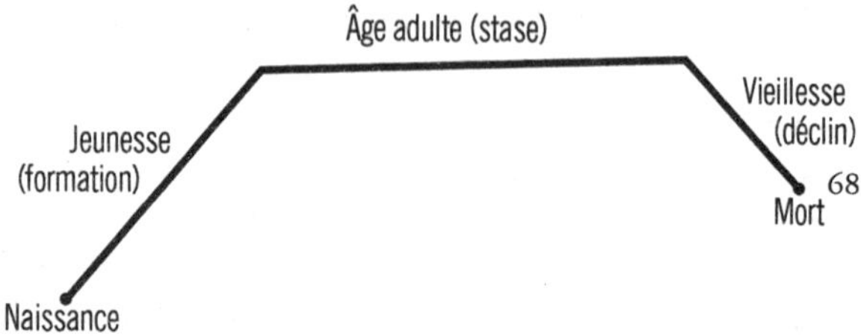

Je devais avoir dix-huit ou vingt ans quand j'ai trouvé pour la première fois un cheveu blanc au milieu de mon habituelle et hirsute chevelure brune. Je me rappelle avoir paniqué parce que soudain, la partie ascendante du schéma et sa partie descendante se rejoignaient. Je n'étais pas encore pleinement formée, selon moi – j'étudiais toujours, par exemple, et je n'avais pas coché un certain nombre de cases (expériences) que j'estimais nécessaires pour me sentir adulte – et, pourtant, je vieillissais

68. Bien sûr, la mort pouvait survenir n'importe quand – la fiction me l'avait enseigné également – et interrompre le bon déroulé du schéma. Pourtant, je ne dirais pas, comme Nicolas Bouvier, que les romans de mon enfance, et notamment ceux de Dumas « où l'on s'occit avec beaucoup de panache et d'entrain », m'ont appris que j'étais mortelle. Ils m'ont appris que l'espérance de vie dépend du statut du personnage : les secondaires meurent vite, les principaux beaucoup moins.

déjà. Où était passé mon putain de plateau ? Et si je vieillissais, je pouvais aussi, c'était tout à fait possible, être également en train de mourir, tout doucement, alors que j'arrivais à peine à l'âge adulte. Je me tenais devant le miroir et je croyais que j'allais arriver au plateau de ma vie mais en réalité, au même moment, je vieillissais et je mourais. Je crois que c'est à partir de ce moment-là que j'ai détesté les fins *finissantes,* les fins pour de bon et que j'ai arrêté d'en écrire.

A contrario, j'ai développé une fascination pour les fins qui dépassent le cadre temporel que s'était jusque-là fixé le récit et révèlent l'artificialité de la « période » choisie par la narration. La fin de *Gangs of New York*, le film de Martin Scorsese, montre les derniers gestes rendus aux morts – les bougies posées à côté des corps alignés, les fleurs arrangées sur les tombes – puis fait littéralement disparaître les personnages de l'image (dans un effet plutôt vilain) pour montrer la ville s'ériger sur la rive d'en face, rendue soudain si proche par le pont de Brooklyn. Au fur et à mesure que s'élèvent les gratte-ciel, les tombes sont envahies par l'herbe puis disparaissent complètement. La ville efface les traces que ces vies-là auraient pu laisser, le film délaisse l'échelle du gang (première partie du titre) pour passer à celle de New-York (deuxième partie) et ensevelit les morts, non sous les décombres mais sous les bâtiments flambant neufs.

Le paragon de ces fins-qui-dépassent est sans doute le final, devenu culte, de la série *Six Feet Under*. Après six saisons menées au même rythme, la fiction accélère soudain dans les dernières minutes – comme si la voiture de Claire, la jeune sœur qui quitte la ville et sa famille, provoquait, à chaque panneau routier croisé sur l'autoroute, une ellipse de durée variable – pour nous montrer les personnages vieillir, donner naissance (parfois) et mourir (quasiment tous) sur la chanson *Breathe Me* de Sia. À côté des corps soudain décatis et des visages ridés, les fantômes des personnages disparus se tiennent souriant, toujours jeunes, et des enfants dont nous ne savons rien, sinon que leur couleur de cheveux ou de peau nous rappelle un de leurs parents, s'agitent, mangent ou pleurent. Tout n'est jamais fini au moment où un récit prend fin, chaque histoire n'a fait que couper une tranche de temps sur laquelle l'attention est focalisée. Dès qu'on porte le regard un peu plus loin, on s'aperçoit que mille lignes se poursuivent…

Alors, comment finir, sinon de façon purement arbitraire ?

Remerciements

à mon éditrice, Alix Penent, pour les échanges tout au long de l'écriture de ce livre et les réactions griffonnées au crayon dans les marges,

à Cloé Korman, pour sa lecture en urgence et ses précieux conseils prodigués depuis les Cévennes,

à Hélène Harder pour le partage de ses références théoriques queer et féministes,

à Karen Reybier qui m'a accueillie en Provence où j'ai fini d'écrire ce livre, dans un domaine traversé par des centaines d'oiseaux,

aux étudiantes et étudiants de mes ateliers à Sciences-Po, pour ce trimestre à leurs côtés, les deux mains plongées dans la narration, la parole, et les questions qu'elles soulèvent,

aux spectatrices ou lecteurs de *Je suis une fille sans histoire* qui ont échangé avec moi après les représentations ou en librairie sur la question des nouveaux récits, des histoires *not as usual*,

aux personnages aimés et à ceux à découvrir, qui ne liront jamais ces lignes et m'accompagneront encore.

Table

Copyrights

13900

Composition
NORD COMPO

Achevé d'imprimer à Barcelone
par CPI Black Print
le 6 août 2023

Dépôt légal août 2023
EAN 9782290384213
OTP L21EPLN003409-551705

ÉDITIONS J'AI LU
82, rue Saint-Lazare, 75009 Paris

Diffusion France et étranger : Flammarion